王尔德喜剧集

# 理想丈夫

[英]奥斯卡·王尔德　著

余光中　译

## AN IDEAL
## HUSBAND

深圳出版社

版权登记号　图字：19-2024-148号
本书译文由台北九歌出版社有限公司授权出版，
经北京玉流文化传播有限责任公司代理

**图书在版编目（CIP）数据**

理想丈夫 /（英）奥斯卡·王尔德著 ；余光中译
. -- 深圳：深圳出版社，2024.12
（王尔德喜剧集）
ISBN 978-7-5507-4013-6

Ⅰ. ①理… Ⅱ. ①奥… ②余… Ⅲ. ①喜剧－剧本－
英国－近代 Ⅳ. ①I561.34

中国国家版本馆CIP数据核字(2024)第076486号

# 理想丈夫

LIXIANG ZHANGFU

出 品 人　聂雄前
责任编辑　简　洁
责任校对　万妮霞
责任技编　郑　欢
插　　画　狐桃-Q
封面设计　日光 BRILLIANCE

出版发行　深圳出版社
地　　址　深圳市彩田南路海天综合大厦（518033）
网　　址　www.htph.com.cn
订购电话　0755-83460239（邮购、团购）
设计制作　深圳市龙瀚文化传播有限公司 0755-33133493
印　　刷　雅昌文化（集团）有限公司
开　　本　787mm×1092mm　1/32
印　　张　8.125
字　　数　92千
版　　次　2024年12月第1版
印　　次　2024年12月第1次
定　　价　60.00元

# 作者简介

　　奥斯卡·王尔德（Oscar Wilde，1854—1900），出生于爱尔兰的都柏林，是19世纪英国最伟大的作家与艺术家之一，以其剧作、诗歌、童话和小说闻名，唯美主义代表人物，19世纪80年代美学运动的主力和90年代颓废派运动的先驱。主要作品有小说《道林·格雷的画像》、童话《快乐王子》、戏剧《温夫人的扇子》《不要紧的女人》《理想丈夫》《不可儿戏》《莎乐美》等。

# 译者简介

　　余光中（1928—2017），当代著名作家、诗人、学者、翻译家。代表作有《白玉苦瓜》（诗集）、《记忆像铁轨一样长》（散文集）及《分水岭上：余光中评论文集》（评论集）等。诗作《乡愁》《乡愁四韵》、散文《听听那冷雨》《我的四个假想敌》等被广泛收录于语文课本。

　　余光中除了从事诗歌、散文的创作，还翻译了很多其他文体的作品，其中包括王尔德的四部喜剧。他的四部王尔德喜剧译作——《不可儿戏》《理想丈夫》《不要紧的女人》和《温夫人的扇子》是目前文学界的重要译本。

# 反常合道之为道

## ——《王尔德喜剧全集》总序

王尔德匆匆四十六年的一生，盛极而衰，方登事业的颠峰，忽堕恶运的谷底，令人震惊而感叹。他去世迄今已逾百年，但生前天花乱坠的妙言警句，我们仍然引用不绝，久而难忘。我始终不能决定他是否伟大的作家，可否与莎士比亚、狄更斯、巴尔扎克、托尔斯泰相提并论，但可以肯定，像他这样的锦心绣口，出人意外，也实在百年罕见。

一八五四年，奥斯卡·王尔德生于都柏林，父亲威廉是名医，母亲艾吉简（Jane Francisca Elgee）是诗人，一生鼓吹爱尔兰独立。他毕业于都柏林三圣学院后，又进入牛津大学的马德琳学院，表现出众，不但获得纽迪盖特诗歌奖①，还受颁古典文学一等荣誉。前辈名家如罗斯金与佩特都对他颇有启发。

王尔德尚未有专著出版，便以特立独行成为唯美派的健将，不但穿着天鹅绒外套，衬以红背心，下面则是及膝短裤，而且常佩向日葵或孔雀羽，吸金嘴纸烟，戴绿背甲虫的指环，施施然招摇过市。他对牛津的同学夸说，无论如何，他一定要成名，没有美名，也要骂名。他更声称："成名之道，端在过火。"（Nothing succeeds as excess.）

一个人喜欢语惊四座，还得才思敏捷才行。吹牛，往往沦为低级趣味。夸张而有文采，就是艺术了。王尔德曾说，他一生最长的罗曼史就是自恋。这句话的道理胜过弗洛伊德整本书。

---

① 原译为纽迪盖特诗奖。

我们听了，只觉得他坦白得真有勇气，天真得真是可爱，却难以断定，他究竟是在自负还是自嘲。他最有名的一句自夸，是出于访美要过海关，关员问他携有何物需要申报。他答以"什么都没有，除了天才"。这件事我不大相信。王尔德再自负，也不致如此轻狂吧？天才者，智慧财产也，竟要报关，岂不沦为行李？太物化了吧。换了我是关员，就忍不住回敬他一句："那也不值多少，免了吧！"

　　王尔德以后，敢讲这种大话的人，除了披头士的领队列侬①（John Lennon），恐怕没有第三人了。从一八九二年到一八九五年，王尔德的四部喜剧先后在伦敦上演，都很成功，一时之间，上自摄政王下至一般观众，都成了他的粉丝。伦敦的出租车司机都会口传他的名言妙语。不幸这时，他和贵家少年道格拉斯之间的同性

————

① 原译为蓝能。

恋情不知收敛，竟然引起绯闻，气得道格拉斯的父亲昆司布瑞侯爵当众称王尔德为"鸡奸佬"。王尔德盛怒之余，径向法院控告侯爵，又自恃辩才无碍，竟不雇请律师，亲自上庭慷慨陈词。但是在自辩过程中他却不慎落进对方的陷阱，露出自己败德的真相。同时他和道格拉斯之间的情书也落在市井无赖的手中，并据以敲诈赎金。王尔德不以为意，付了些许，并未清断。于是案情逆转，他反而变成被告，被判同性恋有罪，入狱苦役两年。喜剧大师自己的悲剧从此开始，知音与粉丝都弃他而去，他从聚光灯的焦点落入丑闻的地狱。他的家人，妻子和两个男孩，不得不改姓氏以避羞辱。他也不得不改姓名，遁世于巴黎。高蹈倜傥的唯美大师，成了同性恋者的首席烈士。

十九世纪的后半期，王尔德是一位全才的文学家，在一切文类中都各有贡献。首先，他是诗人，早年的作品上承浪漫主义的余波，并不怎么杰出，但是后期的《里丁监狱之歌》①（*The Ballad of Reading Gaol*），有自己坐牢的经验为印证，就踏实而深刻得多，所以常入选集。诗中所咏的死囚，原为皇家骑兵，后因妒忌杀妻而伏诛。

在童话方面，王尔德所著《快乐王子》与《石榴屋》，享誉迄今不衰。

小说方面，他的《朵连·格瑞之画像》（*The Picture of Dorian Gray*）②描写一位少年，生活荒唐却长葆青春，而其画像却日渐衰老，最后他杀了为他画像的画家，并刺穿画像。结果世人发现他自刺身亡，面部苍老不堪；画像经过修整，却恢复青春美仪。此书确为虚实交错之象征杰作，中译版本不少。

戏剧方面，在多种喜剧之外，王尔德另有

———————

① 原译为《列丁狱中吟》。
② 大陆译为《道林·格雷的画像》。之后本书中再出现，以大陆译名为准。

一出悲剧《莎乐美》（Salomé），用法文写成，并特请法国名伶伯恩哈特（Sara Bernhardt）去伦敦排练，却因剧情涉及圣徒而遭禁。所以此剧只能在巴黎上演；而在伦敦，只能等到王尔德身后。剧情是希萝迪亚丝弃前夫而改嫁犹太的希律王，先知施洗约翰反对所为，被囚处死。希萝迪亚丝和前夫所生女儿莎乐美，在希律王生日庆典上献演七重面纱之舞，并要求以银盘盛先知断头，且就吻死者之唇。这真是集死亡与情欲之惊悚悲剧，正投合王尔德的病态美学："成名之道，端在过火。"

最后谈到王尔德这四部喜剧。最早译出的是《不可儿戏》，在香港。其他三部则是在高雄定居后译出的。每一部喜剧的译本都有我的自序，甚至后记，不用我在此再加赘述。在这篇总序里我只拟归纳出这四部喜剧共有的特色。

首先，这些喜剧嘲讽的对象，都是英国的贵族，所谓"上流社会"。到了十九世纪后半期，英国已经扩充成了大英帝国，上流社会坐享其成，一切劳动全赖所谓"下层社会"，却以门第自豪，看不起受薪阶级。这些贵族大都闲得要命，只有每年五月，在所谓社交季节，才似乎忙了起来，也不过忙于交际，主要是择偶，或是寻找女婿、媳妇，或是借机敲诈，或是攀附权势，其间手腕犬牙交错，令人眼花。

其次，这些喜剧在布局上都是传统技巧所谓的"善构剧"，剧情的进展要靠多次的巧合来牵引，而角色的安排要靠正派与反派、主角与闲角来对照互证。每部喜剧的气氛与节奏，又要依附在一个秘密四周，那秘密常是多年的隐私甚至丑闻。秘密未泄，只算败德，一旦揭开，就成丑闻。将泄未泄，欲盖弥彰之际，气氛最为紧张。关键全在这致命的秘密应该瞒谁，能瞒多久，而一旦揭晓，应该真相大白，和盘托出，还是半泄半瞒，都要靠高明的技巧。王尔德总是掌控有度，甚至接近落幕时还能翻空出奇，高潮迭起。

纸包不住火，火苗常由一个外客引起：《温夫人的扇子》由欧琳太太闯入；《不要紧的女人》由美国女孩海斯特发难，也可说是由私生子杰若带来；《理想丈夫》则由"捞女"敲诈而生波；《不可儿戏》略有变化，是因两位翩翩贵公子城乡互动，冒名求婚而虚实相生。如果没有这些花架支撑，不但剧情难展，而且，更重要的，王尔德无中生有、正话反说的隽言妙语，怎能分配到各别角色的口中成为台词？

这就讲到这些喜剧的最大特色了。唇枪舌剑，怪问迅答，天女散花，绝无冷场，对话，才是王尔德的看家本领，能够此起彼落，引爆笑声。他在各种文类之间左右逢源，固然多才多艺，而在戏台对话的文字趣克（verbal tricks）上也变化多端，层出不穷。从他的魔帽里他什么东西都变得出来：双关、双声、对仗、用典、夸张、反讽、翻案，和频频出现的矛盾语法（或称反常合道），令人应接不暇。他变的戏法，有时无中生有，有时令人扑一个空，总之先是一惊，继而一笑，终于哄堂。值得注意的是：惊人之语多出自反派角色之口，但正派角色的谈吐，四平八稳，反而无趣。

王尔德的锦心绣口，微言大义，历一百多年犹能令他的广大读者与观众惊喜甚至深思。阿根廷名作家博尔赫斯①（Jorge Luis Borges）在《论王尔德》一文中就引过他的逆转妙语："那张英国脸，只要一见后，就再也记不起来。"博尔赫斯论文，眼光独到，罕见溢美。他把王尔德归入塞缪尔·约翰逊②（Samuel Johnson）、伏尔泰一等的理趣大师，倒正合吾意，因为我一向觉得王尔德"理胜于情"。博尔赫斯又指出，这位唯美大师写的英文非但不雕琢堆砌，反而清畅单纯，绝少复杂冗赘的长句，而且用字精准，

---

① 原译为博而好思。
② 原译为约翰生。

近于福楼拜的"一字不易"（le mot juste）。这也是我乐于翻译王尔德喜剧的一大原因。

余光中

二〇一三年九月于西子湾

# 目　录

## 本剧人物

贾复山伯爵（嘉德勋爵士，简称贾大人）

高凌子爵（贾复山伯爵之子，简称高大人）

罗伯特·齐尔敦爵士（从男爵，外交部副部长，简称齐爵士）

德南若子爵（伦敦法国大使馆随员，简称德子爵）

孟福德先生（简称孟先生）

梅逊（齐尔敦爵士的管家）

费普思（高凌子爵的管家）

詹姆斯（仆人）

海罗德（仆人）

齐尔敦夫人（简称齐夫人）

马克贝夫人（简称马夫人）

巴锡登伯爵夫人（简称巴夫人）

马奇蒙特太太（简称马太太）

齐玫宝（齐尔敦爵士的妹妹）

薛芙丽太太（简称薛太太）

# 本剧布景

第一幕：格罗夫诺广场、罗伯特·齐尔敦

爵士宅邸的八角厅

第二幕：齐尔敦爵士宅邸的起居室

第三幕：高凌子爵在克仁街宅邸的书斋

第四幕：如第二幕


时间：现在

地点：伦敦


剧中情节不出二十四小时。

# 第一幕

THE FIRST ACT

布　景：格罗夫诺广场、罗伯特·齐尔敦爵士宅邸的八角厅。

室内灯光辉煌，宾客满堂。齐尔敦夫人站在楼梯顶端，接待宾客登楼；她具有希腊的端庄之美，年约廿七。楼梯上方悬着一盏大吊灯，烛光照明挂在墙上的十八世纪法国的巨幅绣帷，绣的是布歇（Boucher）构图的《维纳斯之胜利》。台右通向音乐室，隐约可闻弦乐四重奏的声音。台左入口通向其他接待室。马奇蒙特太太与巴锡登夫人并坐在路易十六款式的沙发上，均甚秀美。她们这一型细致中含有纤柔，做作中别具娇媚，俨然瓦陀（Watteau）[①]画里美人。

马太太：今晚要去哈家吗，奥丽维亚？

巴夫人：要吧。你呢？

---

[①] 瓦陀（Watteau，1864—1721），即让·安东尼·华多。法国18世纪洛可可时期最重要的也最有影响力的画家之一。

马太太：也要啊。这家人的宴会闷死人了，你觉得吧？

巴夫人：闷死人了！真不明白我为什么要去。真不明白为什么我要出门做客。

马太太：我来这里是为了受教育。

巴夫人：啊！我最恨受教育了！

马太太：我也是。一个人一受教育，不就几乎跟商人阶级一般见识了吗？可是葛楚德总是对我说，我过日子总得有个认真的目标。所以我就来这儿找找看。

巴夫人：（用长柄望远镜四下打量）我倒看不出，今晚这里有什么人说得上是认真的目标。带我进来进餐的那男士，就一直不停地对我说他的太太。

马太太：这人也太没出息了！

巴夫人：真是没出息！那带你的男士又说些什么呢？

马太太：说我啰。

巴夫人：（无精打采地）你觉得有趣吗？

马太太：（摇头）才不呢。

巴夫人：我们真是受罪啊，亲爱的玛格丽特！

马太太：（起身）也是活该如此，奥丽维亚！

（两人起身走向音乐室。德南若子爵，法国使馆的年轻随员，以领带出众而且崇拜英国闻名，这时走了过来，深深鞠躬，加入交谈。）

梅　逊：（站在梯顶，将来宾逐一报名）包福先生与夫人。贾复山伯爵。

［贾复山伯爵上：七十高龄长者，佩戴嘉德勋位的绶带、勋章，活生生的典型维新党人，颇像劳伦斯（Thomas Lawrence）画中人物。］

贾大人：你好，齐夫人！我那没出息的小儿子来过了吗？

齐夫人：（微笑）我想高大人还没到呢。

齐玫宝：（走近贾复山伯爵）您怎么说高大人没

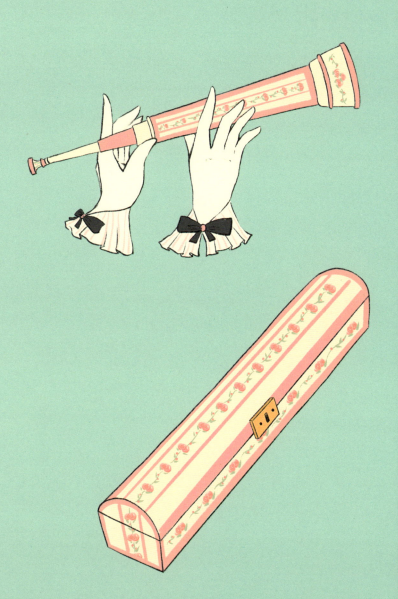

出息呢？

（齐玫宝十足是英国美女的典范，苹果花的一型。她具有一朵花全部的芬芳与自如。她的发间有一波波的阳光，她的小嘴双唇微启，若有所待，像孩子的嘴。迷人的是她青春的骄横，惊人的是她天真的果敢。正常的人不会把她联想到什么艺术品。可是她真像一座坦纳格拉出产的小雕像，不过有谁要把这点告诉她，她却会有点不悦。）

贾大人：因为他日子过得这么懒散。

齐玫宝：您怎么可以这样说呢？哪，他早上十点钟去海德公园骑马，每星期看三次歌剧，每天至少换五次衣服，到社交季节更是每晚在外头吃饭。您倒说这是懒散度日吗？

贾大人：（目光亲切地望着她）你真是非常迷人的女孩！

齐玖宝：您说得太好了，贾大人！欢迎您常来。
　　　　您知道，星期三我们总是在家的，而
　　　　您，戴着勋章好漂亮啊！

贾大人：现在根本不出门了。受不了伦敦的应
　　　　酬。跟自己的裁缝客套一番倒无所谓；
　　　　他的票总是投给右派。可是吃饭的座位
　　　　把我排在内人帽店老板的旁边，却不大
　　　　甘心。贾夫人的那些女帽，最吃不消。

齐玖宝：哦，我倒喜欢伦敦的上流社会！我认为
　　　　它已经大有进步了，现在全是些漂亮的
　　　　白痴跟聪明的疯子了。上流社会正该
　　　　如此。

贾大人：哼！高凌是哪一类呢？漂亮的白痴，还
　　　　是另外那一类？

齐玖宝：（正经地）目前我不得不把高大人单独
　　　　归成一类。可是他变化得很妙！

贾大人：变成什么？

齐玖宝：（略微屈膝鞠躬）希望很快就能奉告，

贾大人！

梅　逊：（报名）马克贝夫人。薛芙丽太太。

　　　　（马克贝夫人偕薛芙丽太太上。马克贝
　　　　夫人是一个愉快、亲切而有人缘的女
　　　　人，白发梳成侯爵夫人的款式，花边翩
　　　　然。陪她同来的薛芙丽太太，高挑而略
　　　　显单薄。嘴唇很薄，着色又鲜，苍白的
　　　　脸上猩红一线。棕红的头发、鹰隼的鼻
　　　　梁、修长的颈项。胭脂更反衬她生来失
　　　　血的肤色。灰绿的眼眸不安地转动。她
　　　　的衣裙紫里微红，钻石闪闪。她看起来
　　　　有几分像兰花，非常引人好奇。一切举
　　　　止都极为优雅。综而观之，乃一件艺术
　　　　品，却露出太多派别的影响。）

马夫人：你好啊，亲爱的葛楚德！多谢你让我把
　　　　朋友薛太太带来。两个这么迷人的女人
　　　　应该见个面！

齐夫人：（嫣然而笑地走向薛太太；接着忽然止

步，淡然点头）我想薛太太跟我早见过面了。倒是不知道她又结了婚。

马夫人：（亲热地）啊，这年头结婚嘛，总要多结几次，对不对？最时髦不过了。（转向麻洛伯禄公爵夫人）亲爱的公爵夫人，公爵好吗？布莱恩还是不舒服吧，我看？唉，还能指望怎么样呢？他的好父亲以前就是那样子。有什么比父子更亲呢？

薛太太：（挥弄扇子）我们真的见过面吗，齐夫人？我记不起在哪儿了。我离开英国已经多年。

齐夫人：我们曾经同过学，薛太太。

薛太太：（傲然）真的？做学生的日子我全都忘了，只留下模糊的印象，觉得那些日子很讨厌。

齐夫人：（冷然）不足为奇！

薛太太：（状至可亲）你知道吗，齐夫人，我真

　　　　盼望能见到你的聪明丈夫。他进了外交

　　　　部以来，在维也纳一直是热门的话题。

　　　　当地的报纸真把他的名字拼对了呢。在

　　　　欧洲大陆，凭这一点就算成名了。

齐夫人：薛太太，我想不出你跟我丈夫有什么关

　　　　系。（走开）

德子爵：啊！亲爱的夫人，真是太巧了！柏林一

　　　　别真是久违了！

薛太太：不是在柏林一别，子爵，是五年以前！

德子爵：你却是愈来愈年轻，也愈美丽了。你是

　　　　凭什么妙方呢？

薛太太：就凭一个规则：只跟你这种妙人谈心。

德子爵：啊！你真逗我开心。照本地的说法是：

　　　　你真教我开胃。

薛太太：本地人这么说吗？真是俗气！

德子爵：是啊，本地话太妙了，应该多加推广。

　　　　（罗伯特·齐尔敦爵士上。四十岁的男

　　　　人，但是看来年轻些。胡须修剃干净，

五官轮廓秀挺，头发和眼睛色调很深。卓然不群的一尊人物。人缘不好——名人难得人缘好的；可是满心赞赏他的人虽然不多，深心敬畏他的人却真不少。他的举止十分出众，带有一分自豪，令人感到他对一生成就颇有自觉。气质紧张，表情疲倦。刻画有力的嘴巴和下颌[①]，与深嵌眶中的浪漫眼神，形成鲜明的对照。这种分歧，暗示了热情与理智几乎截然可分，似乎思想与感情已经用武断的毅力分隔，各得其所。神经过敏见于他的鼻孔，和苍白纤瘦的双手。说他眉目如画，却又不对。眉目如画的人，是过不了下议院这一关的。梵代克（Van Dyck）[②]必然乐于为他画

---

① 原译为下颔。

② 梵代克（Van Dyck, 1599—1641），即安东尼·凡·戴克，佛兰德斯巴洛克艺术家，成为英国领先的宫廷画家，后在意大利和佛兰德取得巨大的成功。

头像。）

齐爵士：您好，马夫人！约翰爵士呢，您该带来
　　　　了吧？

马夫人：哦！我带来的这个人，比约翰爵士动人
　　　　得多了。约翰爵士的脾气呀，自从他当
　　　　真迷上了政治，已经变得十分令人难
　　　　受。说真的，下议院忽然想做点事了，
　　　　却真害人不浅。

齐爵士：但愿不至于，马夫人。至少嘛，在浪费
　　　　大众的时间上，我们不是尽了力吗？可
　　　　是，您这么有心带来的这位可爱小姐，
　　　　是谁啊？

马夫人：她是薛芙丽太太。道塞郡薛家的人吧，
　　　　我猜。可是我实在弄不清楚。这年头儿
　　　　名门望族都乱掉了。其实呢，总是这
　　　　样，每个人到头来都变了另一个人。

齐爵士：薛芙丽太太？这名字好像听过。

马夫人：她刚从维也纳回来。

齐爵士：啊，对了！我想我知道您指谁了。

马夫人：啊！她在那边可活跃呢，说起她朋友的
　　　　闲话来啊没有一个不动听。今年冬天我
　　　　实在该去维也纳一趟了。希望那边的大
　　　　使馆有个好厨师。

齐爵士：不然的话，一定得把大使给召回国来。
　　　　请您把她指给我看。我倒想见见她。

马夫人：我来为你们介绍。（向薛芙丽太太）亲
　　　　爱的，齐尔敦爵士等不及要见你呢！

齐爵士：（鞠躬）人人都等不及要认识聪明的薛
　　　　太太。我们驻维也纳的随员，写回国来
　　　　的信都不谈别的事了。

薛太太：谢谢您，齐爵士。打交道从恭维开始，
　　　　一定会变成真正的交情。这样起头就起
　　　　对了。而且我发现，我本来就认得齐
　　　　夫人。

齐爵士：真的啊？

薛太太：是啊。她刚才提醒我，我们以前是同学

呢。现在我全记起来了。她总是得操行优异奖。我记得清清楚楚，齐夫人得的永远是操行优异奖！

齐爵士：（微笑）你得的又是什么奖呢，薛太太？

薛太太：我这一生所得的奖，来得比较晚。我想，我得的没有一项是为了操行优异。我全忘了！

齐爵士：我相信，你得的那些奖，都是为了奖励可爱的事情。

薛太太：我倒不知道，女人因为可爱会经常得奖，只知道，女人通常因为可爱而受罚！说真的，这年头女人变老，多半是因为崇拜她的人太效忠于她的关系！无论如何，你们伦敦的美女大半都花容憔悴，我只能用这原因来解释！

齐爵士：这种哲学听起来好可怕！薛太太，妄想把你归类，未免失之冒犯。可是能否请问，在你心底，你是乐观主义者呢，还

是悲观主义者？这年头啊，流行的宗教
似乎只剩下这两种了。

薛太太：哦，我两样都不是。乐观主义的开头是
笑得张口露牙，悲观主义的下场是戴上
蓝色眼镜。何况，这两种主义都只是装
腔作势。

齐爵士：你宁可保持本色吗？

薛太太：有时候是的。可是保持本色也是很不容
易的姿势。

齐爵士：常听人说起的那些现代心理小说家，对
你这种论调又会怎么说呢？

薛太太：啊！女人的力量，就在心理学无法解释
我们。男人可以分析，女人嘛……只
可以爱惜。

齐爵士：你认为科学不能解决女人的问题吗？

薛太太：科学根本解决不了非理性的东西。科学
在人间毫无前途，原因就在此。

齐爵士：而女人正是非理性的代表。

薛太太：衣装讲究的女人才是。

齐爵士：（客套地一鞠躬）这一点，只怕我难以苟同了。不过请先坐下。现在告诉我，为何离开你那明媚的维也纳，来到我们这阴沉的伦敦——这问题是否太鲁莽了？

薛太太：问题从来不会鲁莽。答案有时候倒会的。

齐爵士：好吧，不管怎样，请问你来英国是为了政治还是为了消遣？

薛太太：政治是我唯一的消遣。你看，这年头呀，已经不时兴在四十岁以前调情，或是在四十五以前风流了，所以我们这些可怜的女人，三十不到或者自称三十不到，除非去搞政治或是搞慈善，就毫无出路了。而我觉得，慈善工作似乎简直变成了避难所，收容的无非是存心骚扰自己同胞的人。我宁可搞政治。我觉得政治比较……顺手！

齐爵士：政治生涯是崇高的事业！

薛太太：有时候是的。有时候不过是精明的游戏，齐爵士。有时候却是一大公害。

齐爵士：你认为政治是哪一类呢？

薛太太：我吗？这三样都有一点。

（失手落扇。）

齐爵士：（拾扇）让我来！

薛太太：谢谢。

齐爵士：可是你还没有告诉我，为何你突然光临伦敦。我们的社交季节都快结束了。

薛太太：哦！我才不在乎伦敦的社交季节呢！这季节太强调婚姻了。大家不是来追丈夫，就是来躲丈夫。我呢是来见你。这是千真万确。你知道女人有多好奇，几乎像男人一样强烈！我真渴望见你，而且……要求你为我做一件事。

齐爵士：希望不是一件小事，薛太太。我发现小事反而十分难办。

薛太太：（想了一下）不是的，我认为这不算
　　　　小事。

齐爵士：好极了。就告诉我吧。

薛太太：等一下吧。（起身）现在我可以参观府
　　　　上华美的房屋吗？听说府上的藏画很
　　　　美。可怜的安海男爵——还记得男爵
　　　　吧？——常跟我说，府上收藏的柯罗
　　　　（Corot）① 名画都很精彩。

齐爵士：（吃了一惊，却似乎未动声色）你跟安
　　　　海男爵很熟吗？

薛太太：（微笑）熟极了。你呢？

齐爵士：有一度很熟。

薛太太：这人真了不起，对吧？

齐爵士：（顿了一下）在许多方面都与众不同。

---

① 柯罗（Corot, 1796—1875），法国画家。与巴比松画派的
　泰·卢梭、让·米勒等过从甚密。曾三次游学意大利，并遍
　游法国，深入观察大自然，创作了一批简练、淳朴、继承传
　统又出新意的风景画和人物画，从传统的历史风景画发展
　到现实主义风景画。

薛太太：我常想，他没写回忆录，太可惜了，否则一定有趣极了。

齐爵士：是啊，他见识过许多人物、许多城市，像一个古希腊人。

薛太太：却不像那位古希腊人那么碍手碍脚，回家还有个贤妻在等着他。

梅　逊：高大人到。

（高凌子爵上。三十四岁，却总把自己说年轻些。一张有教养而无表情的脸。很聪明，但不愿被人发现。十全十美的纨绔子弟，如果有人认为他浪漫风流，他却会不悦。他游戏人生，与世间的关系十分融洽。他喜欢被人误会，以取得有利地位。）

齐爵士：你好啊，亚瑟！薛太太，我来给你介绍高大人，伦敦的第一闲人。

薛太太：我见过高大人的。

高大人：（鞠躬）没想到你还记得我，薛太太。

薛太太：我的记性灵得很。你还是单身吗？

高大人：我……相信是的。

薛太太：太浪漫了！

高大人：哦！我一点也不浪漫。我年纪还不够
　　　　大。风流韵事，让长辈去做吧。

齐爵士：高大人是"黑钱俱乐部"调教出来的。

薛太太：那会社的一切好处，在他身上都看得
　　　　出来。

高大人：请问你会在伦敦久住吗？

薛太太：这，一部分要看天气，一部分要看烹
　　　　调，一部分要看齐爵士了。

齐爵士：你总不会把大家推进欧洲大战吧，我
　　　　希望？

薛太太：目前还没有这么危险！

　　　　（她向高凌子爵点点头，眼色俏皮自得，
　　　　并偕齐尔敦爵士同出。高凌子爵踱到齐
　　　　玫宝面前。）

齐玫宝：你这么晚才来！

高大人：你一直在等我吗？

齐玫宝：等得心焦！

高大人：真可惜，我没有到得更晚。我喜欢被
　　　　人等。

齐玫宝：你好自私哟！

高大人：我是很自私。

齐玫宝：你总是跟我说你的坏处，高大人。

高大人：我只跟你说了一半而已，玫宝小姐！

齐玫宝：另外的一半很坏吗？

高大人：坏透了！夜里一想起我就睡着了。

齐玫宝：可是，我喜欢你这些坏处。我一样也不
　　　　准你改好。

高大人：你对我真好！不过你对我向来都很好。
　　　　对了，玫宝小姐，我要问你一个问题。
　　　　薛太太是谁带来的呀？就是那位衣裳
　　　　紫里带红的女人，她跟你哥哥刚走出
　　　　房去。

齐玫宝：哦，我想是马夫人带她来的。你问她做

　　什么?

高大人：我好多年没见她了，如此而已。

齐玫宝：莫名其妙的理由!

高大人：一切理由都是莫名其妙的。

齐玫宝：那女人怎么样呢?

高大人：哦! 白天是天才，晚上是美女。

齐玫宝：我已经讨厌她了。

高大人：可见得你的品味真是高尚。

德子爵：(走近) 啊，维护高尚的品味，得靠英国的少女了，对吧? 全靠英国的少女了。

高大人：报纸上总是这么说啊。

德子爵：贵国的英文报纸我全都看，觉得有趣极了。

高大人：我的好南若，那你就得向字里行间去读了。

德子爵：我倒想这么读，可是我的老师不准。(对齐玫宝说) 让我陪您去音乐室好吗，小姐?

齐玫宝：（状至失望）好啊，子爵，好极了！

（转向高凌子爵）你不来音乐室吗？

高大人：要是正演奏音乐就免了，玫宝小姐。

齐玫宝：（严厉地）音乐奏的是德文。你反正听不懂。

（偕德南若子爵下。贾复山伯爵走到儿子面前。）

贾大人：好啊，少爷！你来这儿做什么？依旧在浪费你的生命吧！你应该上床了，少爷。你睡得太晚了！听说你前几天晚上在卢夫人家里跳舞，一直跳到大清早四点钟！

高大人：四点差一刻呢，父亲。

贾大人：想不通，你怎么受得了伦敦的上流社会。这玩意儿早就不像样了：一大堆无名小卒尽说些无聊的话。

高大人：我最爱无事空谈了，父亲。只有做这件事我还有点本事。

贾大人：我看啊，你过日子似乎全为寻欢作乐了。

高大人：除此还有什么好过日子的吗，父亲？令
　　　　人早熟，莫过于欢乐了。

贾大人：你真是没有心肝，少爷，全无心肝！

高大人：但愿不是，父亲。您好，巴夫人！

巴夫人：（竖起两道美丽的弯眉）你在这儿哪？
　　　　料不到你还会参加政治宴会呢！

高大人：我最爱政治宴会了。只剩下这种场合大
　　　　家才不谈政治了。

巴夫人：我喜欢谈政治。我可以成天谈政治，可
　　　　是听别人谈，却受不了。真不懂国会里
　　　　那些倒霉的人，怎么受得了那些冗长的
　　　　辩论。

高大人：办法是充耳不闻。

巴夫人：真的吗？

高大人：（状至严肃）当然了。你知道，听人说
　　　　话是很危险的事情。只要听人说话，就
　　　　会觉得人家有道理；一个人甘愿听别人

讲道理，而又觉得人家有道理，这种人
简直毫不讲理。

巴夫人：啊！这就说明了，为什么男人的身上有
这么多东西我根本不了解，而女人的
身上有这么多东西她们的丈夫根本不
欣赏！

马太太：（叹了一口气）无论我们身上有什么，
做丈夫的根本不欣赏。只好给别人去欣
赏了！

巴夫人：（加强语气）对啊，总是去找别人，不
是吗？

高大人：（微笑）全伦敦公认丈夫最美满的两位
贵妇，竟有这样的见解。

马太太：我们受不了的，正是这一点。我家的赖
吉诺完美得令人绝望。有时候啊，他实
在完美得令人不堪！跟他做夫妻，一点
儿刺激也没有。

高大人：多可怕呀！说真的，这种事情应该多加

宣传！

巴夫人：我家的巴锡登也一样糟；他恋家的样子
　　　　就像是单身汉。

马太太：（紧握巴夫人的手）可怜的奥丽维亚！
　　　　我们嫁的丈夫太完美了，活该我们受到
　　　　报应。

高大人：我倒以为是做丈夫的受到报应了。

马太太：（正襟而坐）哦天哪，才不呢！他们可
　　　　是其乐无穷！说到信赖嘛，做丈夫的对
　　　　我们这么深信不疑，真是可悲。

巴夫人：太可悲了！

高大人：或是可喜吧，巴夫人？

巴夫人：才不可喜呢，高大人。你这种说法，太
　　　　无情了！

马太太：恐怕高大人是故态复萌，又站在敌人的
　　　　一边吧。我刚才还见他一进来就找那薛
　　　　太太说话呢。

高大人：真是漂亮，薛太太！

巴夫人：（冷然）请你别当我们的面赞美别的女
　　　　人。这种事，你不妨等我们来做！

高大人：我有等呀。

马太太：哼，我们才不会赞美她呢。听说她星期
　　　　一晚上去看歌剧，在晚餐时对汤米·鲁
　　　　福德说，照她看来呀，伦敦的上流社会
　　　　一半是邋遢，一半是浮华。

高大人：她说得一点儿也没错。男士全都邋遢，
　　　　女人全都浮华，不是吗？

马太太：（少歇）哦！你真认为薛太太是这个意
　　　　思吗？

高大人：当然了。而这句话由薛太太来说，也很
　　　　有见地。

　　　　（齐玫宝上，加入交谈。）

齐玫宝：你们为什么在谈论薛太太呢？大家都在
　　　　谈论薛太太！高大人就说——高大人，
　　　　你刚才把薛太太说成什么啦？哦！我记
　　　　起来了，说她白天是天才，晚上是美女。

巴夫人：这搭配多可怕！太反常了！

马太太：（状至梦幻）我最爱瞻仰天才的容貌，
恭聆美人的谈吐。

高大人：啊！你这是病态呀，马太太！

马太太：（焕发真正喜悦的表情）听你这么说，
我真高兴。马奇蒙特跟我结婚了七年，
就从来没说过我是病态。男人总是这么
粗心大意，令人难过！

巴夫人：（转向她）亲爱的玛格丽特啊，我就常
说你是伦敦最病态的人。

马太太：啊！那是因为你一向同情我呀，奥丽
维亚！

齐玫宝：感到食欲算不算病态呢？我的胃口可是
大得很。高大人，带我去吃晚饭好吗？

高大人：好极了，玫宝小姐。

（带她走开。）

齐玫宝：你真是讨厌！整晚不跟我讲话！

高大人：怎么跟你讲话呢？你跟那个娃娃外交官

走了呀。

齐玫宝：你可以跟上来呀。起码该追上来，才算
　　　　礼貌呀。我觉得今晚一点也不喜欢你！

高大人：我却喜欢你极了。

齐玫宝：哼，但愿你表示得露骨一点！

　　　　（两人一同下楼。）

马太太：奥丽维亚，我周身发软，觉得好怪。看
　　　　来我非常需要晚餐了。我知道我该吃晚
　　　　餐了。

巴夫人：我简直要饿死了，玛格丽特！

马太太：男人真自私得可怕，从来想不到这些
　　　　事情。

巴夫人：男人真是粗俗，真是粗俗！

　　　　（德南若子爵随三五宾客自音乐室入。
　　　　他把在场的人都审视了一遍，然后走近
　　　　巴夫人。）

德子爵：我够面子带您下楼去晚餐吗，伯爵
　　　　夫人？

巴夫人：（冷然）谢谢你，子爵，我从来不吃晚餐。（德子爵正要走开。巴夫人一见，立刻起身，挽住他的手臂。）可是我愿意陪你下楼去。

德子爵：我最好吃了！我的口味完全像英国人。

巴夫人：你的样子才像英国人呢，子爵，真像英国人。

（两人同出。孟福德先生，衣着十分讲究的翩翩少年，走近马太太。）

孟先生：要吃晚餐了吗，马太太？

马太太：（慵懒地）谢谢你，孟先生，我从来不碰晚餐的。（匆匆起身，挽住他的手臂）不过我可以坐在你身边，望着你吃。

孟先生：我可不喜欢有人看我吃饭！

马太太：那我看别人好了。

孟先生：那样我也不喜欢。

马太太：（严厉地）求求你，孟先生，别当众吃醋胡闹了！

（两人随其他来宾下楼，正逢齐尔敦爵士偕薛芙丽太太进来。）

齐爵士：离开英国以前，打算去乡下的别墅做客①吗，薛太太？

薛太太：哦，才不呢！我最受不了在你们这种英国别墅做客了。在英国，真有人在早餐桌上就想卖弄聪明。那种人真可怕！在早餐桌上，只有笨蛋才显得聪明。还有就是当家的骷髅头总是在读他家的祈祷文。我在英国的去留，其实要看你而定，齐爵士。

（坐在沙发上。）

齐爵士：（坐在她身边）真的吗？

薛太太：完全不假。我想跟你谈的，是一桩政治与金融的大计划，就是这阿根廷运河公司。

---

① 原译为作客。

齐爵士：这么沉闷而实际的话题你要来谈哪，薛太太！

薛太太：哦，我喜欢沉闷而实际的题目呀。我不喜欢的只是沉闷而实际的人。这差别很大。何况我知道你跟国际运河计划很有关系。当初政府购买苏伊士运河股份，你不是赖德利勋爵的秘书吗？

齐爵士：没错。可是苏伊士运河是伟大而壮观的事业。它使我们直通印度，对大英帝国很有价值，所以有必要加以控制。这阿根廷计划不过是证券交易所常见的骗局。

薛太太：是投机，齐爵士！高明而大胆的投机。

齐爵士：相信我，薛太太，那只是骗局。我们不如直说吧，还是这样干脆些。这件事，外交部掌握了所有情报。其实我早已派了一个特别委员会去私下调查，报告回来说，工程还早着呢，至于已经认股的

　　　　钱，似乎谁也不知道下落。这整个事件
　　　　简直是巴拿马运河的翻版，可是要论成
　　　　功的概率①，比起那桩倒霉案子来，连
　　　　四分之一都还不到。希望你没有投资
　　　　吧。我相信，以你的聪明应该不会。

薛太太：我已经投了一大笔了。

齐爵士：这种蠢事，是谁跟你出的主意呀？

薛太太：你的老友 —— 也是我的老友。

齐爵士：谁呢？

薛太太：安海男爵。

齐爵士：（皱眉）啊，对了！在他死的时候，我
　　　　记得曾听人说，整个事件他都有牵连。

薛太太：那是他最后的传奇了。他倒数的第二个
　　　　传奇，说得公平些。

齐爵士：（起身）可是你还没有看过我收藏的柯
　　　　罗名画呢。都挂在音乐室里。柯罗的画

————————————

① 原译为机率。

配音乐似乎正好，对吧？我可以带你去
参观吗？

薛太太：（摇头）今晚我可没心情观赏银色的黄
昏，或是玫瑰红的黎明。我要谈的是
交易。

（向他挥扇，示意他坐回她的身边。）

齐爵士：除了劝你把兴趣转移到风险比较小的事
情之外，薛太太，只怕我不能为你出什
么主意。阿根廷运河案的成败，当然要
看英国的态度，而明晚我就会向国会提
出调查委员会的报告。

薛太太：你千万不可以。我的利益都不必提了，
只为了你自己的利益，齐爵士，你也
千万不可以。

齐爵士：（愕然望着她）为了我自己的利益？我
的薛太太，你这是什么意思？

（在她身边坐下。）

薛太太：齐爵士，我跟你坦白说吧。你原来要向

国会提出的那份报告，我要你撤回，借口是你有理由相信，调查委员会具有偏见，或者情报不实，诸如此类。然后我要你再说一番话，无非是这问题政府会再加考虑，而你呢有理由相信，这运河一旦完工，将大有国际价值。你知道，碰到这种情况，做部长的会说一套什么。几句陈腔滥调就够了。在现代生活里，陈腔滥调只要用得好，那是再有效不过了。其结果是世界大同。你肯为我这么做吗？

齐爵士：薛太太，你不会当真向我提出这种要求吧！

薛太太：我可是完全当真。

齐爵士：（冷然）请容我相信你不是当真。

薛太太：（语气极为郑重而又强调）啊！我可是当真的。只要你照我的话去做，我……就会重重地酬谢你！

齐爵士：酬谢我！

薛太太：没错。

齐爵士：只怕我不懂你的意思。

薛太太：（靠在沙发上望着他）太令人失望了！我还老远从维也纳赶来，就为了使你完全明白我的意思。

齐爵士：只怕我还是不懂。

薛太太：（状至冷漠）我的好爵士，你是见过世面的人，想必你也有身价吧。这年头人人都有价钱的。毛病是多半都贵得要命。我知道我自己就如此。只希望你的条件开得比较公道。

齐爵士：（愤然起身）如果你不反对，我这就去把你的马车叫来。你在国外住得太久了，薛太太，似乎不了解你这是在对一位英国绅士说话。

薛太太：（用扇子点住他的手臂不让他走，把话说完才收回扇子）我只了解，跟我说话

的人，当年是靠了把内阁的机密卖给证

券交易所的投机户，才发迹起家的。

齐爵士：（咬唇）你这是什么意思？

薛太太：（起身面对他）我的意思是，我知道你

的财富和事业的真正来源，而且你的信

也在我手里。

齐爵士：什么信？

薛太太：（巍然）你写给安海男爵的那封信，教

他买进苏伊士运河的股份——这封信

是在政府宣布官买运河股份的三天前写

的，当时你正做赖德利勋爵的秘书。

齐爵士：（声音沙哑）没有这回事。

薛太太：你以为那封信已经销毁了。你真蠢！信

在我手里。

齐爵士：你指的那件事，不过是推测而已。那议

案当时下议院还没有通过；也许都会被

否决掉。

薛太太：那根本是骗局，齐爵士。我们不如直说

吧，还是这样干脆些。现在我打算把那
封信卖给你，我要的代价就是，你得公
开支持阿根廷计划。以前你靠一条运河
发了财。现在你得帮我跟我的朋友靠另
一条运河发财！

齐爵士：简直可耻，你这提议 ——太可耻了！

薛太太：哦，算了吧！人生本来就是游戏，齐爵
士，你我迟早都得玩的！

齐爵士：你的要求我办不到。

薛太太：我是说你非办不可。你得明白，你是站
在悬崖边上。由不得你来谈条件。你只
有接受条件。要是你拒绝 ——

齐爵士：那又如何？

薛太太：我的好爵士，那又如何吗？你就完蛋
了，简单得很！别忘了，清教在英国把
你们逼迫到什么地步。从前呢，谁也
不会假装比左邻右舍正经一点儿。其
实呀，那时谁要是比左邻右舍正经一

点儿，人家就觉得你十分俗气，倒像中产阶级了。现在好了，染上了现代的道德狂，人人都只好装腔作势，变成了纯洁、清高，外加要命的七大美德之典范——而下场如何呢？你们全栽了，跟打保龄球一样，无一幸免。在英国，哪一年没有人销声匿迹啊。从前嘛，谁要闹丑闻就会平添魅力，至少引起兴趣——现在啊，就完蛋。你闹的丑闻麻烦可大了。你绝无生路。要是让大家知道了，你年轻的时候，身为名高权重的某部长的秘书，却出卖内阁的机密赚了一大笔钱，而你的财富和事业就靠此起家，你就会给赶出官场，整个销声匿迹。可是话说回来，齐爵士，为什么你要牺牲大好前程而不肯跟敌人打交道呢？目前我正是你的敌人。我承认！而且我比你强得多。千军万马在我的这边。你的地位很显赫，可是正因为地位显赫，你才容易受敌。你守不住的！我是攻方。当然了，我没有跟你讲伦理道德。天公地道，你也该承认，这方面我放过你了。多年以前，你做了一件聪明而冒险的事情，结果是非常圆满。你就靠它发财升官。现在你得付出代价。为了自己的所作所为，我们每个人迟早都得付出代价的。现在你必须付账了。今晚我走之前，你必须答应我把你的报告压下来，而且得在国会鼓吹这计划。

齐爵士：你的要求我办不到。

薛太太：你必须办到。你要设法办到。齐爵士，你们英国报纸的作风，你是知道的。万一我离开贵府，就坐马车去一家报馆，把这件丑闻跟证据一并交给了他们！想想看，他们会多么幸灾乐祸，乐

得把你拖下水去，推进泥浆里去。想想
看，那伪君子一脸油腻的笑容，会怎
样写他的社论，安排狠毒的词句公告
天下。

齐爵士：够了！你要我撤销报告，还要简单发
言，说我相信这计划或许可行？

薛太太：（坐在沙发上）这正是我的条件。

齐爵士：（低声下气）你要多少钱，我都可以
给你。

薛太太：就算你的钱多，齐爵士，也买不回你的
过去。谁也买不起。

齐爵士：我不会听你这一套的。我才不呢。

薛太太：你非听不可。要是你不听……

（从沙发上起身。）

齐爵士：（茫然又颓然）慢着！你刚才的提议是
什么？是说你会把我的信还给我吗？

薛太太：是啊，说好了的。明晚十一点半，我会
在妇女的旁听席。如果在那以前 ——

你有的是机会——你已经在国会照我的意思公开发言，我就会把你的信交还给你，外加最优美的谢词，以及我想得出来的最动听，至少是最恰当的恭维。我是存心跟你完全公平交易。一个人手里要是拿着王牌……总应该玩得公平一点。这是子爵教我的……当然不止这一点。

齐爵士：你的提议总得给我点时间考虑啊。

薛太太：不行。你现在就得决定！

齐爵士：给我一个礼拜——三天也好！

薛太太：不可能！今晚我必须打电报去维也纳。

齐爵士：天哪！我的命里为什么有你呢？

薛太太：都是阴错阳差。

　　　　（走向门口。）

齐爵士：别走。我同意。那份报告会撤销。我会设法教人用这个题目向我发问。

薛太太：谢了。我就料到我们会达成友谊协议的。你的性情我一开始就了解了。尽管你并不爱慕我，我却分析过你。现在你可以吩咐我的马车过来了，齐爵士。我看见客人吃过晚餐上楼来了，英国的男人呀一吃饱就会自作多情，烦死人了。

（齐尔敦爵士下。）

（齐尔敦夫人、马克贝夫人、贾复山伯爵、巴锡登夫人、马奇蒙特太太、德南若子爵、孟福德先生偕众客上。）

马夫人：嗯，薛太太，想必你很开心吧。齐爵士很有趣吧？

薛太太：有趣极了！我跟他谈得非常愉快。

马夫人：他这一生的事业太有趣、太辉煌了，娶的夫人也贤惠极了。说来令人高兴，齐夫人是最讲究原则的女人。我自己现在是太老了，犯不着以身作则了，可是别人做得到呢，我总是佩服的。齐夫人很会促进高尚的人生，可是她的宴会有时

候未免沉闷了一点。不过一个人总不能
十全十美吧？现在我得走了，亲爱的。
明天来看你好吗？

薛太太：谢谢你。

马夫人：我们可以五点钟坐车去公园逛逛。现在
公园里每样东西都显得好清新啊！

薛太太：游客却是例外！

马夫人：也许游客都有点厌倦了。我总觉得，这
社交季节一久了，对人的头脑会起一种
软化的作用。不过呢，我想再怎么总比
大伤脑筋要好吧。伤脑筋是最不合时宜
的了。年轻女孩子的鼻子会因此其大无
比。大鼻子要嫁人，也其难无比；男人
不喜欢大鼻子。晚安，亲爱的！（向着
齐夫人）晚安，葛楚德！

（挽着贾复山伯爵的手臂下。）

薛太太：贵府真是漂亮，齐夫人！今晚真是愉
快。能认识你的丈夫，太有意思了。

齐夫人：你为什么要见我的丈夫呢，薛太太？

薛太太：哦，让我告诉你吧。我想引起他对这阿
　　　　根廷计划的兴趣，这计划想必你也听说
　　　　过。我发现他很听得进 —— 听得进道
　　　　理，我是说。这在男人实在难能可贵。
　　　　我只花了十分钟就把他说动了。明晚他
　　　　会在国会发言支持这构想。我们一定要
　　　　去妇女的旁听席听他讲！必然是个大
　　　　场面！

齐夫人：你一定弄错了。我丈夫绝对不会支持那
　　　　计划。

薛太太：哦，我向你保证，全都讲定了。从维也
　　　　纳长途赶来，现在我毫不后悔。真是顺
　　　　利极了。可是，当然了，在二十四小时
　　　　之内，整个事情必须绝对保密。

齐夫人：（轻声）保密？谁的秘密呀？

薛太太：（眼神得意地一闪）你的丈夫跟我的
　　　　秘密。

齐爵士：（进来）薛太太，你的马车来了！

薛太太：谢谢你！晚安，齐夫人！晚安，高大
　　　　人！我住在克莱瑞吉旅馆。你不觉得你
　　　　应该来留张名片吗？

高大人：自当遵命，薛太太！

薛太太：哦，别这么死板吧，否则我只好去留张
　　　　名片给你了。想必在英国，这么做别人
　　　　会觉得不够含蓄吧。在国外，我们可是
　　　　开通得多了。你送我下楼去好吗，齐爵
　　　　士？既然我们两个兴趣相投，但愿能成
　　　　为知心好友！

　　　　（挽着齐爵士的手臂翩然而去。齐夫人
　　　　走到楼梯顶端，俯视他们下楼去。她的
　　　　表情显得不安。不久，有几位来宾与她
　　　　会齐，一同走进另一间接待室。）

齐玫宝：这女人多可怕！

高大人：你该去睡觉了，玫宝小姐。

齐玫宝：高大人！

高大人：我父亲一小时以前就叫我去睡觉了。我
　　　　想我不如把这忠告转赠给你。良言忠
　　　　告，我总是传给别人。对付良言忠告，
　　　　只有这办法。因为留给自己毫无用处。

齐玫宝：高大人，你总是下令要把我赶出房去。
　　　　我认为你真有勇气，尤其因为我几小时
　　　　内不准备上床。（走到沙发前）只要你
　　　　高兴，不妨过来坐一下，天南地北都可
　　　　以谈，除了皇家学院、薛太太，或者
　　　　苏格兰方言的小说。这些话题都没有
　　　　益处。（瞥见沙发上有物，半为靠垫所
　　　　遮）这是什么？有人掉了一枚钻石胸
　　　　针！真漂亮啊，是吧？（拿给他看）但
　　　　愿这是我的，可是除了珍珠，葛楚德什
　　　　么也不准我戴，我真是烦死珍珠了。一
　　　　个人戴了珍珠，看来未免太平庸、太老
　　　　好、太学究气了。奇怪，这是谁的胸
　　　　针呢？

高大人：会是谁掉的呢？

齐玫宝：这胸针真美。

高大人：这手镯真俊。

齐玫宝：不是手镯，是胸针。

高大人：是可以当手镯戴的呀。

　　　　（从她手中接过来，然后取出一个绿色
　　　　信盒，把饰品小心翼翼地放在里面，再
　　　　一起放回贴胸的口袋，状至安详。）

齐玫宝：你在做什么？

高大人：玫宝小姐，我要向你提出一个有点奇怪
　　　　的请求。

齐玫宝：（热切地）哦，请说呀！一整晚我都在
　　　　等你开口呢。

高大人：（有点吃惊，旋即镇定）这胸针已经由
　　　　我保管，对谁都不要提起。要是有人写
　　　　信来认领，立刻告诉我。

齐玫宝：这要求确实奇怪。

高大人：哪，你要知道，这胸针是以前我送给一

个人的，好多年前了。

齐玫宝：真的呀？

高大人：是呀。

　　　　（齐夫人独上。余客已散。）

齐玫宝：那我只有跟你说晚安了。晚安，葛
　　　　楚德！

　　　　（齐玫宝下。）

齐夫人：晚安，玫宝！（对高大人说）你看到马
　　　　克贝夫人今晚带谁来了吧？

高大人：有啊。真料不到，好讨厌啊。她来这儿
　　　　干什么？

齐夫人：显然她对什么骗人的计划发生了兴趣，
　　　　想引诱罗伯特来支持。阿根廷运河啦，
　　　　就是。

高大人：这不是看错人了吗？

齐夫人：像我丈夫这样正直的性格，她根本不会
　　　　了解。

高大人：对呀。我敢说，她要是打算教罗伯特为

她卖命，就枉费心机了。真奇怪，聪明
的女人偏偏会犯大错。

齐夫人：那种女人，我不叫她们聪明。我叫她们
笨蛋！

高大人：还不都一样。晚安，齐夫人！

齐夫人：晚安！

（齐尔敦爵士上。）

齐爵士：我的好亚瑟，你还没走啊？请再待一会
儿吧！

高大人：只怕我不能待了，谢谢你。我答应了哈
家，要去看看他们。我敢说他们请了一
个淡紫色的匈牙利乐队，来演奏淡紫色
的匈牙利音乐。后会有期。再见了！

（高凌子爵下。）

齐爵士：你今晚真漂亮，葛楚德！

齐夫人：罗伯特，这不是真的吧？你不会去支持
这阿根廷投机案子吧？你不会的！

齐爵士：（吃惊）谁告诉你我有这意思的？

齐夫人：就是刚走出去的那女人，自称是薛芙丽
　　　　太太的。刚才她好像就是拿这件事挖苦
　　　　我。罗伯特，我最了解这个女人。你不
　　　　了解。我们同过学。她不老实，不光
　　　　明，无论谁被她骗去了信赖或友情，都
　　　　会受到不良的影响。当时我好恨她，鄙
　　　　视她。她还偷东西，做贼呢。就因为做
　　　　贼，才被学校开除的。你怎么会听她
　　　　的呢？

齐爵士：葛楚德，你说的也许不错，可是已经事
　　　　隔多年了。不如忘掉它吧！也许薛太太
　　　　这些年来已经改变了。评断一个人，不
　　　　能只看他的过去。

齐夫人：（戚然）一个人的过去造成他的今天。
　　　　评断人物，只有这个办法。

齐爵士：这可是一句狠话啊，葛楚德！

齐夫人：这可是一句真话，罗伯特。她这是什么
　　　　意思呀，尽夸口说她已经说动了你，要

为她这件事出力、出面，而我早听你说

过，这件事是政坛上历来最不光明、最

欺骗人的方案了。

齐爵士：（咬唇）那是我以前看错了。凡人都会

犯错的。

齐夫人：可是你昨天还告诉我，你已经收到委

员会的报告，说他们全面反对这方案

的呀。

齐爵士：（来回踱步）现在我却有理由相信，这

委员会具有偏见，至少呢，资料不确。

何况呢，葛楚德，官场跟私人的生活

是两件事，各有各的规矩，各走各的

门路。

齐夫人：公也罢，私也罢，都应该显出最高尚的

人品。我看不出有什么好分的。

齐爵士：（止步）针对目前这件事，按照政治的

现实，我已经改变了主意。如此而已。

齐夫人：如此而已！

齐爵士：（峻然）对！

齐夫人：罗伯特！哦！真可怕，我竟然得问你这种问题——罗伯特，你有把真相完全告诉我吗？

齐爵士：你为什么要问我这种问题？

齐夫人：（稍停）你又为什么不回答呢？

齐爵士：（坐下）葛楚德，真相是很复杂的东西，而政治是很复杂的事务。这里面是玄之又玄。也许欠了人家人情，必须报答。一个人在政坛上迟早都得妥协的。每个人都一样。

齐夫人：妥协？罗伯特，你今晚的口气为什么跟我平常听惯的大不相同？你怎么变了呢？

齐爵士：我并没有变。可是情势变了。

齐夫人：可是情势绝对不可以改变原则！

齐爵士：可是如果我告诉你说——

齐夫人：说什么？

齐爵士：说这件事势在必行，关系重大势在必
　　　　行呢？

齐夫人：做不光明的事情，绝非势在必行。如果
　　　　真是必行的话，那我爱过的人又算是什
　　　　么呢？情况并非如此，罗伯特；告诉我
　　　　不是如此吧。为什么非要如此呢？你会
　　　　得到什么好处呢？金钱吗？我们并不缺
　　　　钱！何况来历不干净的钱令人堕落。权
　　　　力吗？可是单有权力算不了什么。可贵
　　　　的是利用权力去行善——这样，只有
　　　　这样才可贵。那么，到底是为了什么
　　　　呢？罗伯特，告诉我为什么你要做这件
　　　　不光明的事情！

齐爵士：葛楚德，你没有权利用这种字眼。我跟
　　　　你说过，这只是理性妥协的问题。如此
　　　　而已。

齐夫人：罗伯特，对于别人，对于把生命仅仅当
　　　　作下流投机的那些人，这种说法完全没

错；可是对你不行，罗伯特，对你不行。你与众不同。你这一生总是独来独往，绝对不与俗世同流合污。对世人，正如对我一样，你向来是一个理想。哦！守住那理想吧。那伟大的传统不要抛弃——那象牙之塔不要摧毁。罗伯特，男人可以爱不如自己的东西——不管那东西是否不值得、不干净、不光明。我们女人一爱起来就是崇拜；一旦失去了崇拜，我们就失去了一切。哦！不要毁掉我对你的爱，不要毁掉！

齐爵士：葛楚德！

齐夫人：我知道有些人一生隐瞒着可怕的秘密——他们曾经做过丑事，到了紧要关头不得不付出代价，就是再做一件丑事——哦！别跟我说你就是如此！罗伯特，你这一生可有什么不可告人的劣迹或污点？告诉我吧，立刻告诉我，才好——

齐爵士：才好怎么？

齐夫人：（说得很慢）我们的生命才好各奔东西。

齐爵士：各奔东西？

齐夫人：才好一刀两断。这样彼此都好。

齐爵士：葛楚德，我的过去没有什么东西需要瞒你。

齐夫人：我就知道，罗伯特，我就知道。可是你刚才为什么要说那些吓人的话，跟你的本性太不相同了。这话题，我们永远别再提了。你能不能写封信给薛太太，告诉她，你不能支持她这项可耻的计划呢？万一你已经答应过她，就必须收回来，干干脆脆！

齐爵士：一定要我写信跟她这么说吗？

齐夫人：当然了，罗伯特！还有别的办法吗？

齐爵士：我可以亲自去见她呀。那样比较好。

齐夫人：你绝对不可以再见她，罗伯特。你根本不应该跟她这种女人谈话。她根本没有资格跟你这样的男人交谈。不行，你必须马上写信给她，现在，此刻，而且信上要向她表示，你的决心绝不改变！

齐爵士：此刻就写！

齐夫人：对。

齐爵士：可是这么晚了。快要十二点了。

齐夫人：那没有关系。她必须立刻知道，她把你看错了——不正派、不坦白、不光明的勾当，不是你这种人干的。就在这里写吧，罗伯特。说你拒绝支持她这个计划，因为你认为这计划不诚实。没错——就写"不诚实"这个字眼。她知道这字眼是什么意思。（齐尔敦爵士坐下来写信。他的夫人拿起信来阅读）对了；这样就行了。（摇铃）现在写信封。（他慢吞吞地写信封。梅逊上）这封信立刻派人送去克莱瑞吉旅馆。不用

等回信。（梅逊下。齐尔敦夫人跪在丈夫身边，抱住他）罗伯特，爱情给我们处世待人的本能。我觉得今晚我救了你，免得你陷入了危机，免得尊敬你的人减少对你的敬意。我想，你还没有充分体会，罗伯特，你已经为当代的政坛带来了更高贵的气象，更优雅的人生观，还有追求更纯洁的目标、更高尚的理想那样的自由风气——我知道会这样，而且我因此爱你，罗伯特。

齐爵士：哦，永远爱我吧，葛楚德，永远爱我！

齐夫人：我会永远爱你，因为你会永远值得我爱。我们的目标有多高，就应该爱得多高！

（吻他，然后起身，走出房去。）

（齐尔敦爵士来回踱步；然后坐下，把脸深埋在掌中。仆人进来，把灯一一熄掉。齐尔敦爵士举头仰望。）

齐爵士：把灯都熄掉，梅逊，把灯都熄掉！

   （仆人把灯全熄掉。房间几乎暗下来。

   仅有的光来自那盏大吊灯：它兀自悬在

   梯顶，照着《维纳斯之胜利》的绣帷。）

        幕 落

第二幕

THE SECOND ACT

布　景：齐尔敦爵士宅邸的起居室。

（高凌子爵衣着极为入时，闲靠在扶手椅上。齐尔敦爵士站在壁炉前面。他的情绪显然十分激动而又苦恼。幕启时他在室中不安地踱来踱去。）

高大人：我的好罗伯特，这件事很麻烦，真是很麻烦。你早就应该向你太太和盘托出的。现在生活里少不了一件赏心乐事，就是帮着别人瞒太太。至少在俱乐部里，有些人头都秃了，应该更懂事才对，却总是跟我讲这个道理。可是一个人不应该瞒住自己的太太。做太太的总会发现的。女人对许多事情生来就很精明。除了显而易见的东西，什么也瞒不了她们。

齐爵士：亚瑟，我没法告诉我太太。有什么时机
　　　　能告诉她呢？昨晚不行。万一说了，两
　　　　人就会终身疏远，而我就会失去她的
　　　　爱，而世界之大我只崇拜这个女人，只
　　　　有这个女人能令我动心。昨晚根本办不
　　　　到。她会吓得离我而去……带着惊恐
　　　　与鄙夷。

高大人：齐夫人真有那么完美吗？

齐爵士：对呀，内人真有那么完美。

高大人：（脱下左手的手套）真可惜！对不起，
　　　　老兄，我不是那个意思。不过，如果你
　　　　所言不虚，我倒要跟齐夫人认真地谈谈
　　　　人生。

齐爵士：谈了也毫无用处。

高大人：我可以试一下吗？

齐爵士：可以。不过绝对改变不了她的看法。

高大人：唉，再不成也不过是一项心理试验。

齐爵士：这种试验全都危险得很哪。

高大人：世间万事都是危险的，老兄。不然的话，日子也不值得过了……唉，恕我直说，你早就应该告诉她了。

齐爵士：什么时候呢？我们订婚的时候吗？你以为当初她会嫁给我吗？如果她知道我的财富是靠这种来历，而事业是靠这种基础，而我做过的那件事情，想必许多人都会说是卑鄙无耻呢？

高大人：（缓慢地）不错；这种事很多人都会骂的。毫无疑问。

齐爵士：（愤愤不平）很多人自己也天天做类似的事情。这种人自己啊，个个一样，生平都有更不堪的隐私。

高大人：所以他们最高兴发掘别人的隐私，因为藉此可以转移大众的注意。

齐爵士：何况，我做的事到底害了谁呢？一个也没有。

高大人：（定睛看他）除了你自己，罗伯特。

齐爵士：（稍停）当然了，当日政府正在考虑的一笔交易，我得到了私人的情报，而且加以运用。其实呢，现代人发大财，每一笔都是从私人情报开头。

高大人：（用手杖轻敲皮靴）也都是以社会丑闻下场。

齐爵士：（在房里踱来踱去）亚瑟，几乎是我十八年前做的事了，你认为现在还应该拿来追究我吗？几乎是在少年时代犯的一次错，一个人就该因此断送一生的事业，你认为公平吗？当年我才二十二岁，却双重地不幸，出身世家，偏偏家境清寒，这年头两样都不可原谅。年轻时做的蠢事，犯的罪状，就算大家都认为是罪状吧，竟然要毁了我这样的一生，要当众出丑，要粉碎我努力经营的一切，这样公平吗？亚瑟，你说公平吗？

高大人：人生呀，根本就不公平。也许对我们大
多数的人而言，幸好人生并不公平。

齐爵士：每一位有志之士跟自己的时代搏斗[①]，
都必须使用当代的武器。我们这时代崇
拜的是财富。时代之神就是财富。一个
人要成功，得靠财富。就算拼命，一个
人也必须争取财富。

高大人：你小看自己了，罗伯特。相信我吧，没
有财富你照样会成功的。

齐爵士：等我老了，也许吧。等我对权力失去了
豪情，或者已经用不着了。等我疲倦
了，憔悴了，灰心了。当时我要的是少
年得意。一个人要得意，得趁少年。当
时我等不及。

高大人：不过，你真的是得意了，也还年轻呀。
当代没有谁像你这么风光得意啰。四十

---

① 原译为博斗。

岁就当上了外交部副部长 —— 无论对
谁都是够好的了，在我看来。

齐爵士：可是万一现在把我的一切都剥夺了呢？
万一为了不堪的丑闻我什么都丧失了
呢？万一我给赶出政坛呢？

高大人：罗伯特，你当年怎么能为钱出卖自
己呢？

齐爵士：（激动地）我并没有为了钱出卖自己。
我不过用重大的代价买到了成功。如此
而已。

高大人：（肃然）对呀；你付的代价可真是重
大。但是当初，你怎么会想到做这种事
的呢？

齐爵士：是安海男爵。

高大人：该死的恶贼！

齐爵士：不对。这个人的头脑十分敏锐而又精
细。他有修养、有魅力、有气派。我难
得遇到这么有头脑的人。

高大人：啊！我宁可天天遇见规规矩矩的傻子。蠢头蠢脑呀，并不像大家想象的那么不堪。我个人对于愚蠢倒很仰慕。蠢头蠢脑，想必给人一种可亲的感觉。但是他怎么说动你的呢？为我从头道来。

齐爵士：（躺在书桌旁的扶手椅上）有一天在赖德利勋爵家里吃过晚餐，安海男爵谈起，在现代生活里，追求名利这件事，可以简化为一门十分明确的科学。他用异常动人的安详语调，为我们解释最可怕的哲学，权力的哲学，又为我们宣扬最奇妙的福音，黄金的福音。想必他看得出，他这番话对我起了多大作用，因为过了几天，他来信邀我去他家一叙。当时他住在公园巷，就是现在伍尔孔勋爵的宅第。我记得很清楚，他苍白而弯曲的嘴唇上带着奇异的笑容，他带着我浏览他家美妙的画廊，参观他家的绣帷、瓷釉、珠宝、象牙雕刻，令我惊羡他豪华的生活有多奇妙、迷人；然后告诉我，豪华奢侈不过是一个背景，戏里的鲜明布景罢了，只有权力，主宰他人的权力，主宰世界的权力，才是唯一值得拥有的东西，唯一值得享受的无上乐趣，唯一不会厌倦的欢欣，而在我们的时代，只有富豪才能掌权。

高大人：（郑重其词）不折不扣的浅陋教条。

齐爵士：（起身）当时我并不认为它浅陋。现在我也不觉得它如此。财富使我大权在握。在我的生命一开始，财富就给了我自由，而自由就是一切。你从来没有穷困过，也从未领略过野心是什么。你不能了解，那男爵给了我多好的机会。这样的良机很少人得到。

高大人：那是他们运气好，用下场来判断的话。可是明白告诉我，最后男爵是怎么劝你——嗯，做这件事的呢？

齐爵士：我临走的时候，他对我说，只要我能够提供他真有价值的秘密情报，他会使我成为巨富。我被他送上门来的美景迷住了，一时之间按不下野心与权力的欲望。六星期后，我正好经手一批秘密文件。

高大人：（定睛望着地毯）政府公文吧？

齐爵士：是的。

（高凌子爵叹口气，摸摸额头，抬起眼来。）

高大人：真料不到，芸芸众生之中，偏偏有你这么脆弱，罗伯特，会向安海男爵提出的诱惑投降。

齐爵士：脆弱？哦，这字眼我听够了。甩它来骂人也用够了。脆弱？你真以为接受诱惑就是脆弱吗，亚瑟？告诉你吧，有些诱惑之可怕，真需要毅力，毅力加上勇气，才敢接受呢。把一生押在一刹那，把一切孤注一掷，不管押的是权力还是欢乐——这么做并非脆弱，而是靠可敬<sup>①</sup>、可畏的勇气。当时我就凭这股勇气。当天下午我坐下来，写了一封信给安海男爵，就是落在这女人手里的这封。他就靠了这一笔交易赚了七十五万英镑。

高大人：而你呢？

齐爵士：我从男爵那里收到十一万英镑。

高大人：你应该得到更多的，罗伯特。

齐爵士：不必了；那笔钱正合我的需要，给了我主宰别人的权力。我立刻进了下议院。男爵经常指点我理财之道。不到五年，我的财产几乎涨到了三倍。从此，凡我经手的事情无不成功。凡事牵涉到

---

① 原译为靠可惊。

　　　　钱财，我的运气都好得出奇，有时候几
　　　　乎令我害怕。我记得在什么奇怪的书里
　　　　读到这么一句话，说每当众神要惩罚我
　　　　们，就会回报我们的祈祷。

高大人：可是告诉我，罗伯特，你有没有为以前
　　　　的事感到懊悔呢？

齐爵士：没有。只觉得我跟这时代打了一仗，用
　　　　的正是这时代的武器，而胜者是我。

高大人：（哀伤地）你以为自己胜了呀。

齐爵士：我以为是的。（过了很久）亚瑟，听了
　　　　我这一番话，你鄙视我吗？

高大人：（语气带着深情）我为你深感遗憾，罗
　　　　伯特，实在深感遗憾。

齐爵士：我没说我曾经感到有什么悔恨。我感受
　　　　不到。至少不是"悔恨"这个字眼通俗
　　　　的、带点可笑的意义。可是好多次我都
　　　　捐过良心钱。我想入非非，希望因此
　　　　能软化命运。安海男爵给我的那笔钱，

到现在我早已加倍捐给了社会慈善机构了。

高大人：（抬眼）社会慈善？天哪！你真是为害不浅，罗伯特！

齐爵士：哦，别这么说吧，亚瑟；别用这种口吻了！

高大人：别管我说什么了，罗伯特！我总是说些不该说的话。其实啊，我平常说的全是真心话。在这年头这是一大错误。一个人说真心话，很容易遭人误解。至于你这麻烦事嘛，我会尽量帮你的忙。这一点你当然知道。

齐爵士：多谢了，亚瑟，多谢了。可是该怎么办呢？又能怎么办呢？

高大人：（双手插在袋里，靠着椅背）哼，英国人受不了人家老夸自己对，可是很喜欢听人家认错。这是英国人的一大长处。不过，看你的情形，罗伯特，忏悔是行不通的。那笔钱嘛，容我插一句嘴，罗伯特，是有点……别扭。何况，一旦你把整个事件从实招来，以后就再也不能满口仁义道德了。而在英国，一个人要是不能每星期两次对着不道德的广大听众说教，那他根本就做不成地道的政客了。三百六十行，都没有他的份了，除了研究植物学或者进教会。忏悔于事无补，只有毁了你。

齐爵士：那我就完了。亚瑟，为今之计，只有奋斗到底。

高大人：（从椅上起身）我一直在等你说这句话，罗伯特。现在也别无他途了。首先，你得把整个事件告诉你太太。

齐爵士：这我办不到。

高大人：罗伯特，相信我吧，你想错了。

齐爵士：我不能这么做。这会断送她对我的爱情。倒是这个女人，这薛芙丽太太，我

　　　　该怎么防她呢？亚瑟，你以前显然是认

　　　　识她的。

高大人：是啊。

齐爵士：你跟她以前很熟吗？

高大人：（整理领带）太不熟了，所以我住在邓

　　　　比家的时候，竟然跟她订了婚。这一段

　　　　情维持了……将近三天。

齐爵士：后来为什么取消了呢？

高大人：（轻快地）哦，我记不得了。至少，跟

　　　　这件事①没有什么关系。对了，你有

　　　　没有向她开过价钱？她一向对钱爱得

　　　　要命。

齐爵士：我提议给她钱，要多少都行。她不要。

高大人：所以奇妙的黄金福音有时候也会不灵。

　　　　毕竟，有钱也未必无往不利。

齐爵士：不能样样顺利。我想你说得对。亚瑟，

　　　　我觉我会当众出丑。这件事我觉得无

---

① 原译为这件事。

可避免。以前我不懂恐怖的滋味。现在我懂了。这感觉，就像有一只冰手把你的心抓住，就像你的心在一个空空的洞里狂跳而死。

高大人：（敲桌）罗伯特，你必须抵抗，必须抵抗。

齐爵士：可是办法呢？

高大人：目前我也无法奉告。我一点主意也没有。可是每个人都有弱点的。人人都有他的漏洞。（踱到壁炉前面，对镜自照）家父就对我说，连我也有缺点的。也许我真有。我不知道。

齐爵士：对付薛太太，为了自卫，我应该有权利使用任何武器吧？

高大人：（仍在照镜）换了我是你，我不认为这样做法有什么好顾虑的。她绝对有本事照顾自己。

齐爵士：（坐在桌前，取笔在手）嗯，我要拍一封密码电报去维也纳的英国大使馆，打听可有不利于她的资料。说不定有什么怕人知道的隐私丑闻呢。

高大人：（整理衣襟上的佩花）照我看哪，像薛太太这么时髦的当代女性，简直会把新的丑闻当做新的女帽一样戴得合身，而且每天下午五点半，两样都要拿去公园里献宝呢。我敢说她最崇拜丑闻了，目前她的日子过得不开心，是因为她牵涉的丑闻还不够多。

齐爵士：（一面写电报）你怎么这样说呢？

高大人：（回身）哪，昨晚她胭脂搽得太多，而衣服又穿得太少。这在女人向来是绝望的现象。

齐爵士：（按铃）不过我拍电报去维也纳，总是值得的吧？

高大人：问题总是值得问的，可是不一定值得回答。

（梅逊上。）

齐爵士：蔡福德先生在房里吗？

梅　逊：在呀，爵爷。

齐爵士：（把写好的电文放进信封，仔细封好）
　　　　要他把这个立刻用密码发出去。一刻也
　　　　不能耽误。

梅　逊：是的，爵爷。

齐爵士：哦！再给我一下。

　　　　（在信封上又写了一句。于是梅逊带
　　　　信下。）

齐爵士：她对安海男爵一定有什么驾驭的怪招。
　　　　我倒想知道究竟是什么。

高大人：（微笑）我也想知道。

齐爵士：我会跟她奋斗到底，只要内人能瞒住。

高大人：（强调）哦，不管怎样都得奋斗——不
　　　　管怎样。

齐爵士：（作绝望的手势）万一内人发现了，那
　　　　么，也就没有什么值得奋斗的了。好

吧，维也纳一有回音，我一定把结果告诉你。碰下运气了，全凭运气，不过我有信心。正如以前我跟时代搏斗，用的是时代的武器，现在我要用这女人的武器跟她周旋。起码这是公平的，而她看来也真像历尽沧桑的女人，对吧？

高大人：美女嘛，大半都如此呀。可是沧桑的种种也有流行与否，正如女装也讲究流行。也许，薛太太的沧桑不过是有点儿露肩低胸，这年头还顶受欢迎呢。还有啊，我的好罗伯特，我不太指望能把薛太太给吓倒。我猜想，薛太太这种女人轻易不会给吓倒。没有一个债主能把她逼死，显然，她的头脑冷静得出奇。

齐爵士：哦！现在我只能依靠希望了。任何生机我都不放过。我像是一个人在一艘快沉的船上。水已经淹到我的脚边，而空中满是暴风雨的压力。嘘！我听见内人的声音了。

（齐夫人着出客装上。）

齐夫人：你好，高大人！

高大人：你好，齐夫人！你刚才是去公园吗？

齐夫人：不是的；我刚才去了妇女自由协会——对了，罗伯特，在会里一提起你的名字，就赢得轰动的掌声。现在我进来喝口茶。（对高凌子爵说）你待一会儿跟我们喝茶好吗？

高大人：我只待一下子，谢谢。

齐夫人：我马上就回来，只是去把帽子收好。

高大人：（状至认真）哦！千万不要。这帽子真漂亮。难得看到这么一顶漂亮的帽子。想必它在妇女自由协会里赢得了轰动的掌声。

齐夫人：（微笑）我们要做的工作，比观摩彼此的帽子重要得多了，高大人。

高大人：真的呀？什么样的工作呢？

齐夫人：哦！无聊、有用而又高兴的事情，工厂法案啦，女性督察啦，八小时议案啦，国会选举权啦……其实呀，都是你认为闷死人的东西。

高大人：而从来不讨论帽子吗？

齐夫人：（佯怒）才不讨论帽子呢，才不呢！

（齐尔敦夫人走进化妆室。）

齐爵士：（握高凌子爵的手）你真够朋友，亚瑟，太够朋友了。

高大人：我不知道，到现在为止能帮你多少忙，罗伯特。其实在我看来，我是什么忙也没帮。真是惭愧极了。

齐爵士：你已经使我吐露真相。这已经很不错了。这真相一直令我透不过气来。

高大人：啊！真相这东西我总是尽快把它摆脱！坏习惯罢了，顺便一提。口吐真言在俱乐部里，会很不得那些……老会员的人缘。他们说那是自大。也许是的。

齐爵士：神明在上，但愿我能够说真话……过

真的日子。啊！那才是人生的大道，过

真的日子。（叹口气，走向门口）我们

很快会再见吧，亚瑟？

高大人：当然，随传随到。今晚我会去"单身汉

舞会"看一看，除非另有趣事好做。不

过明天上午我会过来。万一今晚你要找

我，可以派人送个字条去克仁街。

齐爵士：谢谢你。

（他刚走到门口。齐夫人却从化妆

室入。）

齐夫人：你还在呀，罗伯特？

齐爵士：我还有几封信要写，亲爱的。

齐夫人：（走向他）你太辛苦了，罗伯特。你好

像从来不想到自己，你看来好累啊。

齐爵士：没什么，亲爱的，没什么。

（吻她，下。）

齐夫人：（对高大人）请坐吧。真谢谢你来看我

们。我想跟你谈的……嗯，不是女帽，也不是妇女自由协会。你对女帽，兴趣太高了，对协会嘛，兴趣又不足。

高大人：你要跟我谈薛太太吧？

齐夫人：是啊，你猜到了。昨晚你走后，我发现她说的倒真是实话。当然我逼着罗伯特立刻写信给她，撤销诺言。

高大人：罗伯特告诉我了。

齐夫人：真照她的意思做了，那清清白白的一生事业就蒙上了第一个污点。罗伯特必须无懈可击。他不像别人。别人能做的事情，他做不得。（望着高大人，高大人保持沉默）我这话你同意吧？你是罗伯特最好的朋友。你是我们家最好的朋友，高大人。除了我，没有人比你更了解罗伯特了。他没有事情瞒着我，而我相信他也没有什么要瞒你。

高大人：他当然不会有事情瞒着我。至少我不觉得。

齐夫人：那么我对他的判断对不对呢？我知道我
　　　　是对的。可是你要坦白告诉我。

高大人：（直瞪着她）完全坦白吗？

齐夫人：当然了。你没有什么好瞒的吧？

高大人：没有。可是我的好齐夫人，我想，如果
　　　　你允许我这么说，实际的人生嘛 ——

齐夫人：（微笑）这方面你所知有限，高大人 ——

高大人：这方面我毫无经验，不过我有观察的心
　　　　得。我想，在实际的人生，若要成功，
　　　　真正成功的话，其中总不免带点鲁莽，
　　　　若要满足野心呢，是非鲁莽不可。一个
　　　　人一旦全心全意要达到某一目标，如果
　　　　必须爬峭壁，就得爬峭壁；而如果必须
　　　　踩泥浆 ——

齐夫人：怎么啦？

高大人：就得踩泥浆。当然了，我不过是在泛论
　　　　人生。

齐夫人：（肃然）希望是如此。你为什么这样奇怪地看着我呢，高大人？

高大人：齐夫人，有时候我认为……你的人生观里有些地方也许太严厉了一点。我认为……你往往不给人留余地。每个人天性里不免有些弱点，甚至比弱点还糟。假设，举个例吧，像我父亲，或是梅敦勋爵，或是罗伯特，多年以前曾经写了封糊涂信给某人……

齐夫人：你说糊涂信是什么意思？

高大人：我是说，写的信十分不利于他自己的地位。我不过在假想有这种情况。

齐夫人：罗伯特不可能做糊涂事，同样也不会做坏事。

高大人：（停了很久）谁也不可能不做糊涂事。谁也不可能不做坏事。

齐夫人：你是悲观主义者吗？别的花花公子会怎么说呢？他们势必都要守丧戴孝了。

高大人：（起身）不对，齐夫人，我不是悲观主义者。其实，我恐怕不太明白悲观主义的真正意义。我只明白，一个人没有大慈大悲，就无法了解人生，没有大慈大悲，也就无法度过人生。不管来生该如何说明，今生若要真正说明，还得用爱，而不是用德国哲学。万一你有了麻烦，齐夫人，你要绝对信赖我，我会尽量帮助你。如果你需要我，来找我帮忙，我一定会出力。要尽快来找我。

齐夫人：（讶然望他）高大人，你倒说得非常认真。我觉得，从来没听你说话这么认真过。

高大人：（大笑）千万别见怪，齐夫人。除非不得已，不会再犯了。

齐夫人：可是我喜欢你认真。

（齐玫宝着艳丽动人的连衣裙上。）

齐玫宝：亲爱的葛楚德，别对高大人说得这么可怕嘛。要他认真，简直不伦不类。你好啊，高大人！求求你，要尽量随随便便。

高大人：但愿我能如此，玫宝小姐，可是只怕……今早这随随便便的功夫有点生疏了；何况，现在我必须走了。

齐玫宝：正巧当我进门的时候呀！你这算什么礼貌嘛！敢说你全无教养。

高大人：我是没教养。

齐玫宝：但愿你是我养大的。

高大人：真遗憾我不是。

齐玫宝：现在懊悔也太晚了吧，恐怕？

高大人：（微笑）也说不定。

齐玫宝：明早去骑马吗？

高大人：去呀，十点钟。

齐玫宝：别忘了啊。

高大人：当然不会。对了，齐夫人，今天的《晨报》上没登府上宴客的名单。显然是郡

议会啦，兰贝斯会议啦，或者同样无聊

的活动之类，把它挤掉了。你能给我一

份名单吗？我有特别的原因要跟你讨。

齐夫人：我相信蔡福德先生一定会给你一份。

高大人：真是多谢了。

齐玫宝：汤米是伦敦最有用处的人了。

高大人：（转头向她）那最有看头的人又是

谁呢？

齐玫宝：（胜利地）是我。

高大人：你真聪明，一猜便中！（取帽与杖）再

见，齐夫人！记得我对你讲的话吧？

齐夫人：记得；可是不明白为什么你这么说。

高大人：我自己也不很明白。再见，玫宝小姐！

齐玫宝：（因失望而微微噘嘴）还指望你不走呢。

今早我有过四次奇遇，其实是四次半。

你不妨留下来听几则呀。

高大人：你好自私啊，有四次半呢！一则也不会

留给我了。

齐玫宝：我才不想分给你呢。这些奇遇对你
　　　　没用。

高大人：这是你第一次对我说狠话。你说得好动
　　　　听啊！明早十点。

齐玫宝：十点整。

高大人：一刻不差。可是别带蔡福德先生。

齐玫宝：（略一昂头）当然不带汤米·蔡福德了。
　　　　汤米·蔡福德根本没人理了。

高大人：听你这么说，太高兴了。

　　　　（鞠躬而退。）

齐玫宝：葛楚德，希望你能说说汤米·蔡福德。

齐夫人：可怜的蔡先生这次又犯了什么啦？罗伯
　　　　特说，蔡先生是他历来最好的秘书。

齐玫宝：哎，汤米又向我求婚了。汤米真是没事
　　　　做，除了向我求婚。昨夜他在音乐室向
　　　　我求婚，当时我完全没有防备，因为一
　　　　场精致的三重奏正在演奏。不用说，当
　　　　时我根本不敢回嘴。我一回嘴，立刻就

会把音乐打断。音乐人士的不讲理，简
直离谱。每当你恨不得整个聋掉，他们
总要你完全哑掉。然后今早他又在光天
化日下向我求婚，就当着那不堪的阿基
力士雕像。说真的，在那座艺术品面前
发生的种种事情啊，真可怕透了。警察
应该干涉的。午餐的时候，从他闪闪的
眼光我看得出他又要求婚了，就向他保
证我是个"双金属币制主义者"，总算
及时阻止了他。幸好我不知道"双金属
币制主义"究竟是什么。我也不相信还
有谁知道。不过这句话镇压了他十分
钟。他神色大变。还有呢，汤米求婚的
方式真令人讨厌。如果他大声求婚，我
倒不那么在乎。那样的话，对群众还会
产生一点作用。可是他说起来的样子，
却机密得可怕。每当汤米要自作多情，
他的语气就像是医生。我很喜欢汤米，

不过他求婚的方式完全落伍了。葛楚德，希望你能说说他，告诉他，无论向谁求婚，一星期求一次也够多了，而且求的样子总应该引人注目。

齐夫人：我的好玫宝，别那么说吧。何况，罗伯特对蔡先生非常看重，认为他前途光明。

齐玫宝：哦！无论给我什么好处，我都不愿意嫁给一个前程远大的人。

齐夫人：玫宝！

齐玫宝：我知道，好嫂嫂。当初你嫁了一个前程远大的人，对吧？可是罗伯特是一个天才，而你的性格高贵，能够自我牺牲。你能够忍受天才。我呢毫无性格，能忍受的也只有罗伯特这么一个天才。我认为凡是天才，绝无例外，都令人难以忍受。天才都爱喋喋不休，对吧？真是坏习惯啊！而且每当我要他们想我的时候，他们总是在想自己。现在我得去巴夫人家排练了。我们正要演活人画，你记得吧？题目叫"什么东西的胜利"之类，我不晓得是什么！我倒希望是我的胜利。目前只有对胜利我才真感兴趣。（吻齐夫人后，下；不久又跑回来）哦，葛楚德，你知道谁来看你了吗？是那个讨厌的薛太太，穿了件极可爱的连衣裙。是你请她的吗？

齐夫人：（起身）薛太太！来看我？不会的！

齐玫宝：我可以向你保证，是她上楼来了，如假包换，只是不太自然。

齐夫人：你不用等了，玫宝。别忘了，巴锡登夫人正等着你呢。

齐玫宝：哦！我必须跟马克贝夫人握一握手。她很可爱。我喜欢让她骂我。

（梅逊上。）

梅　逊：马克贝夫人。薛芙丽太太。

（马克贝夫人偕薛芙丽太太上。）

齐夫人：（趋前迎接）亲爱的马夫人，多谢你来
　　　　看我！（和她握手，并向薛芙丽太太淡
　　　　然颔首）请坐吧，薛太太。

薛太太：谢谢。这位是齐小姐吗？我很想认
　　　　识她。

齐夫人：玫宝，薛太太想认识你。

　　　　（齐玫宝略一点头。）

薛太太：（坐下）我觉得你昨晚的连衣裙真是
　　　　漂亮，齐小姐。真是单纯，而且……
　　　　合身。

齐玫宝：真的吗？非告诉我的裁缝不可。她会大
　　　　吃一惊呢。再见了，马克贝夫人！

马夫人：就要走了？

齐玫宝：真抱歉，没办法。我刚要去排练，要在
　　　　活人画里倒竖蜻蜓。

马夫人：倒竖啊，孩子？哦！希望不是吧。只怕
　　　　会伤身体啊。

（靠近齐夫人，坐在沙发上。）

齐玫宝：不过这是精彩的慈善活动：为了救助
　　　　"不配求助的人"，我真正关心的也
　　　　只有这种人。我当这团体的秘书，汤
　　　　米·蔡福德当司库。

薛太太：高大人又当什么呢？

齐玫宝：哦！高大人当会长。

薛太太：这职位应该顶适合他，除非我认识他以
　　　　后，他已经退化了。

马夫人：（思索）你真是现代得很，玫宝。太现
　　　　代了一点，也许。一个人太现代，最危
　　　　险不过了，很容易突然之间变成了老
　　　　派。这种例子我见得多了。

齐玫宝：多可怕的景象啊！

马夫人：啊！亲爱的，你不用紧张。你会一直努
　　　　力保持美丽。那才是最最高明的时髦，
　　　　也只有这种时髦英国还维持得了。

齐玫宝：（微微屈膝行礼）真是多谢，马夫人，

　　　　　　为英国……也为我自己。

　　　　　　（齐玖宝下。）

马夫人：（转向齐尔敦夫人）亲爱的葛楚德，我
　　　　们特地来府上看一看，薛太太的钻石胸
　　　　针找到了没有。

齐夫人：在我们这儿吗？

薛太太：是啊。我回到克莱瑞吉旅馆，就发现不
　　　　见了，我想也许是掉在府上了。

齐夫人：我倒没有听说。不过可以叫管家来问
　　　　一下。

　　　　　　（按铃。）

薛太太：哦，请别费事了，齐夫人。我敢说，该
　　　　是来府上之前掉在歌剧院了。

马夫人：啊对了，我猜一定是掉在歌剧院了。说
　　　　实在的，这年头啊，大家都拼命地推来
　　　　挤去，真不知道一个晚上下来，身上还
　　　　会留下什么东西。我自己就知道，每次
　　　　去宫中觐见回来，我总觉得自己好像一

　　　　　丝不挂，只剩下一丝体面的名誉，勉强
　　　　　可以防止下层阶级从马车的窗子外辛苦
　　　　　地窥看。其实呢，我们的上流社会人口
　　　　　太多了。说真的，应该有人来拟一个妥
　　　　　善的计划，帮助我们移民。那才是功德
　　　　　无量呢。

薛太太：我跟你看法完全一致，马夫人。我来伦
　　　　　敦参加社交季节也快六年了，我不得不
　　　　　说，上流社会已经混杂不堪。放眼一
　　　　　看，到处都是怪人。

马夫人：一点儿也不错，亲爱的。可是你不必理
　　　　　他们。我敢说，来我家里的人，有一半
　　　　　我都不认得。说真的，从我听说的种
　　　　　种，我也不想去认得。

　　　　　（梅逊上。）

齐夫人：薛太太，你掉了的别针是什么样子的？

薛太太：一枚钻石的蛇形别针，上面还有块红宝
　　　　　石，还不算小。

马夫人：我以为你说过头上有块蓝宝石呢，亲
　　　　爱的。

薛太太：（微笑）不是的，马夫人——是一块红
　　　　宝石。

马夫人：（点头）而且很配，我敢说。

齐夫人：梅逊，今早在什么房间里找到一枚红宝
　　　　石钻石别针没有？

梅　逊：没有啊，夫人。

薛太太：其实没什么要紧，齐夫人。真抱歉给你
　　　　添了麻烦。

齐夫人：（冷冷地）哦，没什么麻烦。行了，梅
　　　　逊。可以来茶了。

　　　　（梅逊下。）

马夫人：唉呀，我告诉你，掉东西最令人烦恼
　　　　了。我记得好多年以前在巴斯，把马爵
　　　　士给我的一只极其漂亮的浮雕手镯掉在
　　　　抽水房里了。我看，后来他就没有送过
　　　　我东西了，真遗憾。他已经堕落得很

了。说真的，这可恶的下议院把我们的
丈夫都给毁了。我认为呀，自从那可怕
的东西，叫什么"妇女高等教育"的发
明以来，对快乐的婚姻生活打击得最惨
重的，就是下议院了。

齐夫人：啊！马夫人，你这句话在舍下说来，
却是异端邪说。这"妇女高等教育"，
罗伯特是大力鼓吹，而我呢，只怕也
是的。

薛太太：我所盼望的，倒是男子高等教育。这东
西，男人才是极为需要。

马夫人：男人是有此需要，亲爱的。不过呢，只
怕这种计划完全不切实际。我不认为男
人有多少本事要发挥。男人到今天这地
步，也已经尽了力了，可是也没有走几
步吧？至于妇女呢，我的好葛楚德，你
属于年轻的一代，我相信，这件事你会
赞成，当然是应该的。在我的时代，当

　　　　然了，总是把我们教成一无所知。那是
　　　　旧制度，反倒有趣得很。我可以向你保
　　　　证，我跟我那可怜的好妹妹呀，大人不
　　　　准我们去了解的种种事情，简直多得
　　　　出奇。可是现代的妇女却是无所不知，
　　　　听说。

薛太太：除了自己的丈夫。唯有这件事情，现代
　　　　的妇女绝不了解。

马夫人：也未尝不是件好事，亲爱的，我敢说。
　　　　真要了解了，说不定许多快乐家庭就破
　　　　碎了。不用说，葛楚德，不包括你的家
　　　　庭。你嫁的是模范丈夫。但愿我也能这
　　　　么自夸。可是自从马爵士喜欢按时参加
　　　　国会的辩论以来，他的谈吐已经变得十
　　　　分令人难受：这种辩论在以前的好日
　　　　子，他是绝不去参加的。现在他似乎总
　　　　以为自己是在下议院致词，所以每当他
　　　　讨论农民的现况，或是韦尔斯的教会，

或是同样不伦不类①的话题，我都不得
不叫所有的仆人退下。看到跟随自己已
经二十三年的管家、站在餐具橱边当
真脸红了起来，而端盘子的下人在角落
里扭来扭去，像在杂耍卖艺，真教人难
过。我敢说，除非他们立刻把约翰调去
上议院，我的命就完了。去了那边，他
就不会再热衷政治了，对吧？上议院多
有分寸，济济一堂全是君子。可是在目
前的处境，约翰实在是一大麻烦。哪，
今天早上早饭没吃到一半，他就起身站
在壁炉前面，两手插在袋里，声嘶力竭
地向人民陈情。不消说，我喝完第二杯
茶就离席了。可是啊，当时他大声疾
呼，整栋房子都听得见。葛楚德，我敢
说齐爵士不会这样吧？

① 原译为不类不伦。

齐夫人：可是我对政治就很感兴趣，马夫人。我
　　　　就爱听罗伯特谈政治。

马夫人：不过，但愿他对公家的蓝皮书别像约翰
　　　　那么着迷。我才不相信，谁读了蓝皮书
　　　　会有长进。

薛太太：（无精打采）我从来不看蓝皮书。我宁
　　　　可看……黄皮书。

马夫人：（欣然而不觉有异）黄色啊，喜气多了，
　　　　可不是吗？年轻的时候我常常爱穿黄衣
　　　　服；要不是约翰品头论足教人难过，我
　　　　现在还想穿呢，大男人来谈论衣服，总
　　　　令人好笑，是吧？

薛太太：哦，才不呢！我认为只有男人才有资格
　　　　鉴定衣服。

马夫人：真的吗？你只要看看男人戴那种帽子，
　　　　就不会这么说了吧？

　　　　（管家领仆人上，在齐夫人身边的小桌
　　　　上布茶。）

齐夫人：喝点茶吧，薛太太？

薛太太：谢谢。

（管家用圆盘盛一杯茶递给薛太太。）

齐夫人：来点茶吗，马夫人？

马夫人：不用了，谢谢你。（两仆下）是这样
　　　　的，我答应了可怜的班夫人，要赶十分
　　　　钟路去看她：她的烦恼可大了。她的女
　　　　儿也很有教养，却当真跟希洛普郡一个
　　　　副牧师订了婚。好惨啊，真是好惨。现
　　　　代人对于副牧师的这种狂热，我无法了
　　　　解。在我的时代，当然，我们这些女孩
　　　　子常见这班人像兔子一般到处跑。可是
　　　　不消说，我们从来不注意他们。不过，
　　　　据说目前乡下的社交界满坑满谷都是
　　　　这班人。我觉得这简直离经叛道。再加
　　　　她家的大儿子跟父亲吵了架，据说在俱
　　　　乐部里父子一碰头，班大人总是用《时
　　　　报》的货币论文把脸遮住。我倒相信，

这年头这种事已经司空见惯，所以在圣詹姆斯街的所有俱乐部，不得不多订几份《时报》；许多做儿子的都不理父亲，许多做父亲的也不跟儿子讲话。我心里想，这真是非常遗憾。

薛太太：我也这么想。这年头啊，做父亲的有好多事情要向儿子学呢。

马夫人：真的呀，亲爱的？学什么呢？

薛太太：生活的艺术呀。这是我们在现代创造的唯一真正美术。

马夫人：（摇头）啊！这方面只怕班大人见识过不少，比他那可怜的太太多得多了。（转向齐夫人）你认识班夫人吧，亲爱的？

齐夫人：泛泛而已。去年秋天她在兰登的时候，我们也在那里。

马夫人：哦，像所有的女强人一样，她看来简直就是幸福的画像，你一定也注意到了。不过她家的悲剧可多了，并不只副牧师

118

这一件。她的亲姐妹贾太太一生十分不
幸，都不是自己的错，说来真可怜。最
后她伤心得进了修道院，不然就是进了
歌剧院，我忘记是什么院了。不对；我
想她选的是装饰性的刺绣艺术。可见得
她已经完全丧失生之乐趣了。（起身）
好吧，葛楚德，要是你允许，我就把薛
太太交给你，一刻钟后回来接她。不然
呢，亲爱的薛太太，也许你不在乎坐在
马车上等我拜访班夫人出来。我这一趟
只为了慰问她，不会久留的。

薛太太：（起身）我根本不在乎在马车上等你，
只要有人来张望我就好了。

马夫人：嗯，我听说那个副牧师老在屋子四周逡
巡呢。

薛太太：只怕我并不喜欢女友做伴①。

---

① 原译为作伴。

齐夫人：（起身）哦，希望薛太太能再留一会儿。我要跟她谈几分钟。

薛太太：真是谢谢你，齐夫人！相信我，这再合我意不过了。

马夫人：啊！你们两个当然有许多学生时代的有趣往事要谈。再见，亲爱的葛楚德！今晚你也会去包夫人家吗？她刚发现了一位了不起的新天才。这个人……什么事都不做，我敢说。这真是一大乐事，对不对？

齐夫人：今晚就罗伯特跟我两人在家里用餐，我想饭后我哪儿也不去。罗伯特当然得去下议院，不过那边没什么热闹好看。

马夫人：就你们两人在家里吃呀？那样妥当吗？啊，我忘了，你的丈夫是例外。我家这位呢是常规，一个女人嫁给了常规，老得比什么都快。

（马克贝夫人下。）

薛太太：真是妙女人，这马夫人，你说对吧？我见过的人里面，没有谁比她更多话而言之更无物的了。她天生是个大众演说家，胜过她丈夫多了，尽管她丈夫是个标准的英国人，永远无趣，而且经常发作。

齐夫人：（并不回答，只是站着。停了一会。然后两个女人目光相接。齐夫人脸色冷峻而苍白。薛太太似乎有点自得其乐。）薛太太，我认为应该坦坦白白告诉你，如果我早知道你是谁，昨晚就不会请你来我家了。

薛太太：（带着鄙笑）真的吗？

齐夫人：我绝对不会。

薛太太：我看哪，过了这么多年你一点也没变，葛楚德。

齐夫人：我从不改变。

薛太太：（抬起眉毛）那么人生的教训你什么也

没学会了?

齐夫人：人生教我懂得：一个人做过一件不诚
　　　　实、不光明的事情，就可能旧病复发，
　　　　应加躲避。

薛太太：你对每个人都用这规则吗?

齐夫人：是啊，对每个人，绝无例外。

薛太太：那我真为你难过，葛楚德，太为你难
　　　　过了。

齐夫人：我确信，你现在应该明白，为了种种缘
　　　　故，你在伦敦期间，我们根本不可能再
　　　　交往下去了吧?

薛太太：（靠在椅背）你知道吗，葛楚德，我根
　　　　本不在乎你满口仁义道德。仁义道德，
　　　　不过是我们对自己讨厌的人采取的态
　　　　度。你讨厌我。这一点我很明白。而我
　　　　呢，一向都恨你。可是我还是来这儿为
　　　　你效劳一次。

齐夫人：（傲然）就像昨晚你要为我的丈夫效劳

　　　　那样吧。谢天谢地，我把他救出来了。

薛太太：（一跃而起）是你教他写那封无礼的信
　　　　给我的呀？是你教他反悔的呀？

齐夫人：是的。

薛太太：那你必须教他守信。我让你延到明天上
　　　　午——不能再延了。如果到那时你的
　　　　丈夫还没有认真守约、帮我完成和我利
　　　　害有关的这项大计——

齐夫人：这项骗人的投机。

薛太太：随你怎么说吧。你的丈夫全在我掌握之
　　　　中，要是你够聪明，就叫他照我的话
　　　　去做。

齐夫人：（起身走向她）你太无礼了。我的丈夫
　　　　跟你有什么关系？跟你这样的女人？

薛太太：（厉笑）这世界啊，物以类聚。就因为
　　　　你丈夫自己不清不楚，所以我们正好相
　　　　配。你跟他之间格格不入。他跟我呢，
　　　　却比朋友还亲。我们是亲密的敌人，同

谋的共犯。

齐夫人：你竟敢把我的丈夫跟你归做一类？你竟
　　　　敢恐吓他跟我？我的房子你出去。你不
　　　　配来我家。

　　　　（齐尔敦爵士从后面上。他听到自己妻
　　　　子最后一段话，并发觉听话的是谁，面
　　　　如死灰。）

薛太太：你的房子！用不光明的代价买来的房
　　　　子。这房子里每样东西都是骗来的。
　　　　（转身，见到齐尔敦爵士）问他家产怎
　　　　么来的吧！叫他告诉你，当初是怎么把
　　　　内阁的机密卖给一个股票经纪人的。问
　　　　他，凭什么你才有今天的地位。

齐夫人：不是真的！罗伯特！不是真的！

薛太太：（伸手指着他）你看他！他能否认吗？
　　　　他敢否认吗？

齐爵士：滚！马上给我滚！你的歹已经使尽了。

薛太太：使尽了？我跟你，跟你们两个都没完没了。我限你们两个到明天中午为止。如果到时你们还没有照我的话做，全世界都会知道罗伯特·齐尔敦的来历。

（齐尔敦爵士猛按铃。梅逊上。）

齐爵士：送薛太太出去。

（薛太太吃了一惊；然后略带夸张的礼貌向齐夫人领首，齐夫人全不理睬。她经过站在门边的齐尔敦爵士时，略一停步，当面逼视着他。然后她走了出去，仆人跟着出门，并将门关上。只剩下了夫妻两人。齐夫人呆立，恍如在恶梦之中。然后她转过脸来，注视着丈夫。她注目的神情很怪，好像是第一次见到此人。）

齐夫人：你拿内阁的机密去卖钱哪！你靠骗起家！你手创的事业来历不明！哦，告诉我这不是真的！骗骗我！骗骗我吧！告诉我这不是真的！

齐爵士：这女人的话全是真的。可是，葛楚德，
　　　　你听我说。你不明白当时我受的诱惑。
　　　　让我从头告诉你吧。

　　　　（向她走去。）

齐夫人：别靠近我。别碰我。我觉得你好像把我
　　　　永远玷污了。哦！这些年来你一直在戴
　　　　着假面具呀！可怕的七彩面具！你为了
　　　　钱出卖自己。哦！还不如一个普通的小
　　　　偷。你把自己卖给出价最高的人！你是
　　　　市场上的商品。你骗了全世界，可是却
　　　　不肯骗骗我。

齐爵士：（向她冲去）葛楚德！葛楚德！

齐夫人：（伸手把他推开）不要，不要说话！
　　　　什么也别说！你的声音唤起我可怕的
　　　　回忆 —— 想起是哪些事情曾经使我爱
　　　　你 —— 想起是哪些话使我爱你 —— 对
　　　　我，这一切都成了恐怖的回忆。曾经，
　　　　我多么崇拜你啊！对于我，你曾经超然

于世俗之外，纯洁、高贵、光明，没有污点。曾经，我觉得因为有你在，世界显得更美好，因为你活着，美德显得更真实。而现在 ——哦，想起我还把你这种人当做理想！我终身的理想！

齐爵士：那是你的误会。那是你的错，凡女人都犯的错。你们这些女人爱我们呀，为什么不能连缺点也一起爱呢？为什么你们要把我们捧上巨大的雕像台呢？我们都是血肉之躯，女人和男人一样：可是我们男人爱起女人来，明知你们有弱点，有妄想，有种种缺陷，还是爱你们，也许正因为这样，才爱得更深。真正需要爱的，不是完人，而是有缺陷的人。只有当我们受了伤，不论是被自己损伤或是被别人损伤，爱情才应该来为我们疗伤 ——否则要爱情有什么用呢？一切罪过爱情都应该放过，除非那罪过伤害

到爱情本身。一切生命真正的爱都应该
谅解，除非是无情的生命。男人的爱正
是那样：比起女人的爱来更宽、更大、
更近人情。女人自以为崇奉的是理想的
男人，其实不过把我们造成了假的偶
像。你把我造成了假偶像，我却没有勇
气走下台来，把伤痕给你看，把弱点告
诉你。我一直担心会失去你的爱，就像
我此刻已失去这样。所以啊，昨晚你毁
了我的一生 ——是啊，毁了我一生！
这女人要我做的，比起她能提供给我
的，算不了什么。她提供的是安全、宁
静、稳定。我年轻时候的罪过，自以为
早埋葬了，竟然在面前升起，丑陋而恐
怖，紧勒着我的喉咙。本来我可以一劳
永逸杀了它，赶它回墓里去，把它的纪
录销毁，把不利于我的唯一证据烧掉。
你却阻止了我。除了你没有别人，你知

道。此刻，我面前只有当众出丑，只有毁灭，可怕的羞耻，全世界的嘲弄，寂寞而丢脸的生命，也许有一天，寂寞而丢脸的死亡。但愿女人不要再把男人当理想了，但愿你们别再把男人供在神坛上崇拜了，否则就会毁了别的生命，像你这么彻底毁了我的生命一样——尽管我曾经这么狂爱过你！

（他走出房去。齐夫人冲向他，但是到门口时门已关上。因痛苦而苍白，茫然无助，她摇晃如水中的荇草。她伸出两手，像风吹花朵一般在空中颤抖。然后她扑倒在沙发旁，将脸掩盖。她哭泣得就像一个小孩。）

**幕 落**

第三幕

THE THIRD ACT

布　景：高凌子爵宅邸的书斋，布置新古典风格。右
边有门通向大厅。左边的门通向吸烟室。后
面的两扇迭门则可通客厅。炉火燃着。管家
费普思正在整理书桌上的报纸。费普思之出
众，在于不动声色。热心分子称他为"模范
管家"。就连斯芬克司 ① 也不像这么讳莫如
深。他真是有模有样的面具。至于他思想上
或情感上的生活，也史无可考。所谓形式至
上，此人足为代表。（高凌子爵着晚礼服佩襟
花上。他戴着绸帽，披着有披肩的大氅，戴
白手套的手里挥着一支路易十六式手杖。一
身打扮全是纨绔子弟时装的精品。看得出他
熟习现代生活，其实是在创造现代生活，并
善加掌握。他是思想史上第一位穿得体面的
哲学家。）

---

① 原译为司芬克狮。

高大人：第二朵襟花为我准备了吗，费普思？

费普思：有了，大人。

　　　　（接过帽、杖、大氅，用盘呈上新的襟花。）

高大人：这东西真不赖，费普思。伦敦最无关紧要的人物里面，目前，只有我一个在戴襟花了。

费普思：是的，大人。我注意到了。

高大人：（取出旧襟花）你知道吧，费普思，一个人啊，自己穿什么戴什么才算时髦。别人穿戴什么，就不算时髦了。

费普思：是啊，大人。

高大人：就像别人的行为总不免庸俗一样。

费普思：是啊，大人。

高大人：（插上新襟花）而别人的真理总是错误。

费普思：是啊，大人。

高大人：别人都讨厌极了。只有自己可以陪自己。

134

费普思：是啊，大人。

高大人：一生的罗曼史正是从自恋开始。

费普思：是啊，大人。

高大人：（对镜自照）别以为我很中意这朵襟花，费普思。教我看起来老气了一点。看起来几乎像壮年了吧，费普思？

费普思：倒看不出大人您的外表有什么变化。

高大人：看不出吗，费普思？

费普思：是啊，大人。

高大人：我看不见得。以后呢，费普思，礼拜四晚上的襟花要普通一点儿。

费普思：我会跟花店老板娘说一声。最近她家里有丧事，大人您嫌她卖的襟花不够普通，恐怕原因在此。

高大人：英国下层阶级这一点真特别——他们总是家有丧事。

费普思：是啊，大人！这方面他们特别好运。

高大人：（转身看他。费普思面无表情）哼！有

信吗，费普思？

费普思：三封，大人。

（以盘呈上信件。）

高大人：（取信）叫马车二十分钟后来。

费普思：是的，大人。

（走向门口。）

高大人：（举起粉红信封的信）嗯哼！费普思，这封信什么时候来的？

费普思：就在大人您刚去了俱乐部之后，专人送来的。

高大人：没事了。（费普思下）齐夫人的粉红信笺，齐夫人的亲笔。这倒是奇怪了。还以为是罗伯特写的呢。不知道齐夫人要对我说什么？（坐在书桌前，拆信，读信）"我需要你。我信赖你。我要来找你。葛楚德。"（放下信笺，面露不解。再拿起信，慢读一遍）"我需要你。我信赖你。我要来找你。"果然她全发现了！可怜的女人啊！可怜的女人！（取表看时）这种时候来拜访啊！十点钟来！我只好不去巴克雪家了。不过呢，让人等你而你不到，总是好事。"单身汉俱乐部"并不等我去，所以我一定得去一趟。嗯，我要劝她帮丈夫的忙。她非如此不可。换了别的女人，也非如此不可。就是因为女人正义感高涨，婚姻制度才这么无可救药地一面倒。十点钟啊。她快来了呢。得告诉费普思：别人来访，都说我不在家。

（走向叫人铃。）

（费普思上。）

费普思：贾大人来了。

高大人：哦，做父母的为什么总是在不该来的时候来呢？怪天公特别会出错吧。（贾复山伯爵上）欢迎光临，我的好父亲。

（趋前迎接。）

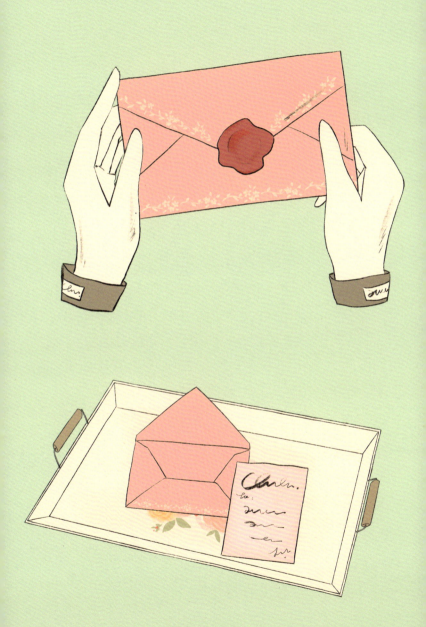

贾大人：把我的披风脱掉。

高大人：犯得着吗，父亲？

贾大人：当然应该，少爷。哪一张椅子最舒服呀？

高大人：这一张，父亲。有客人的时候，我自己就是坐这一张。

贾大人：谢谢你。希望这房间不灌风吧？

高大人：不会的，父亲。

贾大人：（坐下）好极了。最受不了房间灌风。我住家绝不能灌风。

高大人：也不妨清风阵阵，父亲。

贾大人：呃？呃？不懂你什么意思。要跟你认真谈一谈，少爷。

高大人：我的好父亲！非挑这个时候吗？

贾大人：怎么，少爷，才十点钟啊。你为什么反对这时候呢？我倒认为这时候是大好良辰！

高大人：老实说吧，父亲，今天不是我认真谈话的日子。很抱歉，今天日子不对。

贾大人：你这是什么意思，少爷？

高大人：在社交季节，父亲，我认真谈话的时
间，只有每个月的第一个礼拜二，从四
点到七点。

贾大人：哪，就定在礼拜二，少爷，定在礼拜二
好了。

高大人：可是现在已经过七点啦，父亲，而我的
医生说，过了七点我就不可以跟人认真
交谈。那样会害我说梦话。

贾大人：害你说梦话，少爷？那有什么关系呢？
你又没有结婚。

高大人：对呀，父亲，我还没结婚。

贾大人：哼！我来找你谈的，正是这件事，少
爷。你必须结婚了，而且得快。我在你
这年纪啊，少爷，悼念亡妻，谁都劝慰
不了，可是才过了三个月，就向你可爱
的母亲追求了。该死的，少爷，结婚是

你的责任。活一辈子，不能总是寻欢作乐啊。这年头，有地位的人全都结了婚。单身汉哪是不再时髦了。这种人完蛋了，什么秘密都公开了。你必须找一个太太了，少爷。看看你的朋友罗伯特·齐尔敦吧，靠了诚恳，苦干，外加娶对了一个贤妻，已经爬到多高了。你为什么不学学人家呢，少爷？你为什么不以他为榜样呢？

高大人：我想我会的，父亲。

贾大人：但愿你是真心，少爷。那我就开心了。目前呢，为了你的缘故，我害得你母亲日子难过。你简直没有心肝，少爷，全无心肝。

高大人：希望还不至于吧，父亲。

贾大人：现在结婚，正是时候。你已经三十四了，少爷。

高大人：是啊，父亲，可是我只承认有三十二岁——戴上一朵真正好襟花的时候，只承认有三十一岁半。现在戴的这朵还……不够普通。

贾大人：我告诉你，你已经三十四了，少爷。此外，你房间里还有一股风，这一来，你的品格就更差了。你为什么跟我说没有风呢，少爷？我觉得有风呀，少爷，我觉得明明有风。

高大人：我也觉得有风了，父亲。一股阴风。我明天来看你，父亲。你爱谈什么我们就谈什么。让我帮你穿上披风吧，父亲。

贾大人：不行，少爷；今晚我来的目的清清楚楚，不管我的或你的健康如何受损，我也一定要达到目的。把我的披风放下，少爷。

高大人：当然，父亲。我们还是换一个房间吧。（按铃）这房间有一股阴风。（费普思上）费普思，吸烟室里火够暖吗？

费普思：暖啊，大人。

高大人：去那边吧，父亲。你的喷嚏打得人难过死了。

贾大人：怎么，少爷，我以为我总有权利随意打喷嚏吧？

高大人：（歉然）当然了，父亲。我不过表示同情而已。

贾大人：哦，去你的同情。这年头啊，这一类事情搞得太过火了。

高大人：我完全同意，父亲。人间如果少一点同情，人间就会少一点烦恼。

贾大人：（走向吸烟室）你这是正话反说嘛，少爷。我最恨正话反说了。

高大人：我也是呀，父亲。这年头呀，无论你遇见谁，都是正反难分，烦死人了。这一来，整个社会就太一目了然了。

贾大人：（回过身来，浓眉下的双目注视着儿子）少爷，你讲的话，自己真的是句句都懂吗?

高大人:（略现迟疑）是啊，父亲，只要我专心
　　　　去听。

贾大人:（愤然）只要你专心去听……好自大的
　　　　小犬!

　　　　（喃喃不平地走进吸烟室。费普思上。）

高大人:费普思，有一位女士今晚有要事来看
　　　　我。她一到，就带她去客厅。懂吗?

费普思:懂了，大人。

高大人:这件事啊关系重大，费普思。

费普思:我懂了，大人。

高大人:别的人都不许进来，绝不通融。

费普思:我懂了，大人。

　　　　（铃响。）

高大人:啊! 大概就是那女士了。我要亲自
　　　　接见。

　　　　（正要走向门口，贾复山伯爵从吸烟室
　　　　进来。）

贾大人：喂，少爷？还要恭候大驾多久呢？

高大人：（十分狼狈）马上就好，父亲。务请见谅。（贾复山伯爵退下）哪，记住我的吩咐，费普思——带进那边的房间。

费普思：是的，大人。

（高凌子爵走进吸烟室。男仆海罗德领薛芙丽太太入。她的衣裳绿色配银色，有若女蛇妖蕾米亚①。她的黑缎披风用不反光的丝线绲成玫瑰叶形的边。）

海罗德：尊姓大名，夫人？

薛太太：（对走近身边的费普思说）高大人不在家吗？听说他在家呀？

费普思：大人他正陪着贾复山爵爷呢，夫人。

（冷眼漠视着海罗德，海罗德立刻退下。）

薛太太：（自语）真孝顺啊！

———————————

① 蕾米亚也译作拉弥亚，古希腊神话里半人半蛇的女怪物。

148

费普思：大人吩咐过我，请夫人您劳驾去客厅等他。大人他就会去客厅会您。

薛太太：（状至愕然）高大人等我来吗？

费普思：是的，夫人。

薛太太：你确定吗？

费普思：大人他吩咐过我，要是一位女士来访，就请她在客厅稍候。（走到客厅门口，把门打开。）这件事，大人他交代得非常清楚。

薛太太：（自语）他倒真是周到！连意外都在意料之中，可见十足是现代人的智慧。（走向客厅，向内张望）嚯！单身汉的客厅总是这么凄凉。我得大大改革一下。（费普思把书桌上的桌灯拿了过来）不必了，我不喜欢那盏灯，太耀眼了。点几根蜡烛吧。

费普思：（放回桌灯）好的，夫人。

薛太太：希望蜡烛有好灯罩。

费普思：我们的灯罩，夫人，还没有谁表示过不满。

（走进客厅，点起烛来。）

薛太太：（自语）不晓得今晚他等的是什么样的女人。要给我逮个正着就太妙了。男人呀，一给逮住总是一脸傻相，可是每次都给逮到。（四顾室内，走近书桌）多有意思的房间！多有意思的画呀！不晓得他都跟什么人通信。（拿起信件）哦，好无聊的信啊！账单啦，明信片啦，债务啦，守寡的贵妇啦！究竟是谁会用粉红色信纸写信给他呢？用粉红色信纸，有多傻气呀！显然是中产阶级风流韵事的开端。风流韵事绝对不能以柔情开始。这种事，应该始于精打细算，而终于签字过户。（放下信件，又再拿起）这笔迹我认得。是葛楚德的笔迹。

我可记得清清楚楚。一笔一画①都像在
写摩西十诫，满纸都是道德教条。不晓
得葛楚德写给他干什么？总不外说我
的坏话吧。那女人好可恶啊！（读信）
"我需要你。我信赖你。我要来找你。
葛楚德。""我需要你。我信赖你。我
要来找你。"

*（她脸上露出胜利的神色。正要偷信，*
*费普思进来了。）*

费普思：客厅里蜡烛点好了，照夫人您的吩咐。

薛太太：谢谢你。

*（匆匆起身，把信塞在桌上放吸墨纸簿*
*的大银盒下。）*

费普思：这灯罩应该合您的意吧，夫人。这是我
们最管用的灯罩了。大人他穿晚礼服宴
客的时候，也是用这种灯罩。

---

① 原译为一笔一划。

薛太太：（微笑）一定十全十美，我相信。

费普思：（庄重地）谢谢您，夫人。

> （薛太太走进客厅。普费思关门，退下。
> 不久门又慢慢打开，薛太太走了出来，
> 轻手轻脚地接近书桌。突然有人声自吸
> 烟室传出。薛太太脸色转白，停下。人
> 声更响，她咬着嘴唇，退回客厅。）

> （高凌子爵偕贾复山伯爵上。）

高大人：（争辩）我的好父亲，我要是结婚的话，
你总该让我自己挑选时间、地点跟对象
吧？尤其是对象。

贾大人：（不耐）这是我的事，少爷。你呢多半
选不好的。要问的应该是我，不是你。
这件事有关家产的得失，跟感情并没有
关系。感情呢，结了婚慢慢会来。

高大人：是啊，婚后的生活，彼此讨厌到了底，
反感、病情就都来了，对吗父亲？

> （帮贾复山伯爵穿上披风。）

贾大人：当然了，少爷。我是说，当然不是了，
　　　　少爷。你今晚简直胡说八道。我的意思
　　　　是：婚姻这件事全靠常识。

高大人：可是有常识的女人相貌却平凡得出奇，
　　　　对吧父亲？当然了，我只是道听途说。

贾大人：少爷，不管相貌平凡或动人，没有女人
　　　　是有半点常识的。常识，是我们男性的
　　　　专利。

高大人：对极了。不过我们男人克己得很，从来
　　　　不运用常识，对吧父亲？

贾大人：我用啊，少爷，我全靠常识。

高大人：母亲也跟我这么说。

贾大人：这正是你母亲所以幸福的秘诀。你呀，
　　　　全无心肝，少爷，太无心肝了。

高大人：希望不至于，父亲。

　　　　（出去了片刻。然后和齐尔敦爵士进来，
　　　　状颇不安。）

齐爵士：我的好亚瑟，真是好运气，在门口遇见

你！你的佣人刚才还说你不在家呢。真奇怪！

高大人：其实呢，我今晚是忙惨了，罗伯特，所以吩咐说一概不见客。连家父上门都受了点冷落，还一直埋怨有股冷风呢。

齐爵士：啊！你可不能不见我呀，亚瑟。你是我最好的朋友。也许到明天你就是我唯一的朋友了。内人什么都知道了。

高大人：啊！如我所料！

齐爵士：（注视着他）真的呀！你怎么知道？

高大人：（略为迟疑）哦，凭你进门时的脸色罢了。谁告诉她的？

齐爵士：薛太太自己。我所钟爱的女人已经知道，我的事业是靠卑鄙欺骗的行为起家，我的生命是建筑在可耻的沙地上，还有啊，别人当我做可靠的人而托付给我的机密，我却像街头小贩一样，拿来卖钱。谢天谢地，可怜赖德利勋爵死得

早，不知道我出卖了他。但愿上帝让我
早死，来不及受到这么可怕的诱惑，或
是堕落到这种地步。

（双手掩面。）

高大人：（稍待）你收到维也纳的回电了吗？

齐爵士：（抬眼）有，今晚八点收到一等秘书的
电报。

高大人：怎么样？

齐爵士：没有数据可以断定不利于她。反而她的
社会地位颇高。安海男爵的千万家产，
大半都遗留给她了，那几乎是公开的秘
密。此外，我也找不到什么了。

高大人：那么，她结果不是间谍了？

齐爵士：哦！这年头间谍没用了。这一行早完
了。这种勾当呀，轮到报馆来干。

高大人：而且干得惊天动地，出色得多了。

齐爵士：亚瑟，我口干死了。可以叫点喝的吗？
有没有白葡萄酒加苏打水呢？

高大人：当然有。让我来。

　　　　（按铃。）

齐爵士：谢了！我不知道该怎么办，亚瑟，我不
　　　　知道怎么办，而你是我唯一的朋友。只
　　　　有你够朋友 —— 我唯一能信赖的朋友。
　　　　我能够完全信赖你，对吧？

　　　　（费普思上。）

高大人：我的好罗伯特，当然了。哦！（吩咐费
　　　　普思）拿点白葡萄酒加苏打水来。

费普思：是，大人。

高大人：还有，费普思！

费普思：是，大人。

高大人：失陪一下，罗伯特。我有话得吩咐
　　　　管家。

齐爵士：请便。

高大人：那位女士来访，就告诉她你今晚不等我
　　　　回家。告诉她我突然应邀出城去了。明
　　　　白了吗？

费普思：那位女士正在那边房里，大人。是您吩
咐把她带过去的，大人。

高大人：你做得好极了。（费普思下）真是乱成
一团。好吧，看我来解决。我要隔着门
训她一顿。可是，这事情做起来也真
别扭。

齐爵士：亚瑟，告诉我该怎么办。我的生命似乎
在四面土崩瓦解，我像是一条无舵之
船，在一颗星也不见的黑夜。

高大人：罗伯特，你是爱你太太的，对不对？

齐爵士：世界之大，我爱她胜于一切。一向我以
为雄心壮志最了不起。我错了。爱情才
是世界上最了不起的①。世上只有爱情，
而我爱她。可是在她眼里我已经丢脸，
在她眼里我已经不堪。我们之间已经有
一道鸿沟。她已经看穿了我，亚瑟，看

---

① 原译为最了不起。

穿我了。

高大人：难道她一生都从未做过傻事 —— 出过
错 —— 因此饶不了你的罪过？

齐爵士：我的太太！从来没有！她根本不明白软
弱或者诱惑是怎么一回事。我呢，是泥
做的，跟其他男人一样。她呢，卓然不
群，贤慧的女人都是那样 —— 完美得
不留情面 —— 冷峻、严厉而不解慈悲。
可是呢，我爱她，亚瑟。我们没有孩
子，所以我没有别人可以爱，也没有别
人来爱我。如果上帝给了我们孩子，或
许她会待我宽厚一点。可是上帝却给了
我们一座冷冷清清的房子。这女人真令
我心碎。这件事别谈了。今晚我对她也
很粗暴。不过罪徒对圣徒说话，想必都
是粗暴的吧。刚才我对她讲的一番话，
简直可怕，可是在我而言，从我的立
场，做男人的立场看来，却是真的。不

过别说了。

高大人：你太太会原谅你的。也许此刻她正在原
谅你呢。她爱你，罗伯特。为什么她不
该原谅你呢？

齐爵士：求求老天！求求老天！（双手掩面）可
是还有件事我得告诉你，亚瑟。

（费普思端饮料上。）

费普思：（把白葡萄酒加苏打水递给齐尔敦爵士）
白葡萄酒加苏打水，爵爷。

齐爵士：谢谢你。

高大人：你的马车来了吗，罗伯特？

齐爵士：没有，我从俱乐部走来的。

高大人：费普思，齐爵士乘我的马车。

费普思：是的，大人。

（下。）

高大人：罗伯特，你不介意我叫马车送你吧？

齐爵士：亚瑟，你得让我再待五分钟。我已经决
定今晚在下议院怎么办了。阿根廷运河

案的讨论十一点开始。（客厅里传来椅
子倒地声）那是谁？

高大人：没有人。

齐爵士：我听到隔壁有椅子翻倒。有人一直在
偷听。

高大人：没有啊，没有。隔壁没有人。

齐爵士：隔壁有人。房里有灯，门也半开着。有
人一直在偷听我一生的隐私。亚瑟，这
是什么意思？

高大人：罗伯特，你太紧张，太慌张了。跟你说
隔壁没有人。坐下来，罗伯特。

齐爵士：你能保证隔壁没有人吗？

高大人：能啊。

齐爵士：人格保证？

　　　　（坐下。）

高大人：对啊。

齐爵士：（起身）亚瑟，让我自己去看一下。

高大人：不要了，不要了。

齐爵士：如果隔壁没人，为什么我不可以去看
呢？亚瑟，你必须让我到隔壁去看了才
放心。让我确定没有人偷听到我生平的
隐私。亚瑟，你根本不能体会我受的
折磨。

高大人：罗伯特，别再说了。我跟你说过那房里
没有人——这就够了。

齐爵士：（冲到门口）这还不够。非让我进去不
可。既然你说过里面没人，那你有什么
理由不许我进去呢？

高大人：看在老天的份上，别进去！里面是有
人。你见不得的人。

齐爵士：啊，我早就料到了。

高大人：我不准你进去。

齐爵士：让开。这是我生死关头。我才不在乎是
谁在里面。我要知道，究竟是谁偷听了
我的隐私跟羞耻。

（冲进客厅。）

高大人：天啊！他自己的太太！

（齐尔敦爵士走了回来，一脸鄙夷而愤怒的神色。）

齐爵士：那女人出现在这里，你有什么解释吗？

高大人：罗伯特，我用人格向你保证，那位女士完全清白，根本没有什么对不起你。

齐爵士：这下贱、可耻的东西！

高大人：别这么说，罗伯特！她是为了你才来这儿的。她来这儿，是为了想办法救你。她爱的是你，并非别人。

齐爵士：你神经病。她跟你的勾当，关我什么事？让她做定你的情妇吧！你们才是天生的一对。她呢，堕落而无耻——你呢，做朋友太假，连做敌人都太诈——

高大人：不是这样的，罗伯特。对天发誓，不是这样的。一切我都可以当着她跟你的面解释清楚。

齐爵士：让我过去，高大人，在你的人格保证下，你的谎言已经说得够多了。

（齐尔敦爵士走了出去。高凌子爵冲到客厅中，薛太太正从里面出来，容光焕发，得意洋洋。）

薛太太：（佯作屈膝鞠躬）你好，高大人！

高大人：薛太太！天哪！……请问你在我客厅里做什么？

薛太太：听人说话而已。我最喜欢从钥匙缝里听人说话了。从钥匙缝里面听到的话，总这么妙不可言。

高大人：你这语气莫非要招惹天谴？

薛太太：哦！事到如今，想必上天也不受招惹了。

（作势要他帮她脱去披风，他照做了。）

高大人：幸好你来了。我正要给你一点忠告呢。

薛太太：哦！拜托免了。晚上不能穿、不能戴的东西，千万不要送给女人。

高大人：看来你还是任性如故。

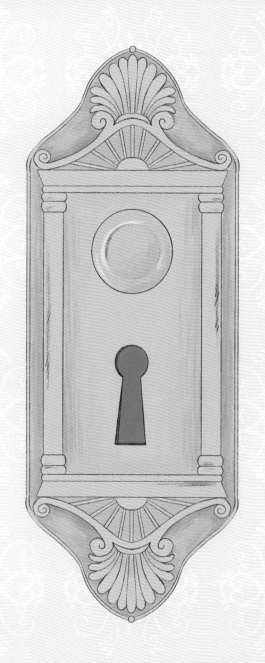

薛太太：何止呢！我大有进步。经验更丰富了。

高大人：经验太多会有危险的。求求你抽支烟吧。伦敦的美女呀，有一半在抽烟。我个人呢，中意另外的一半。

薛太太：谢了。我从不抽烟。我的裁缝师傅会不高兴我抽的，而女人一生第一个任务，应该是对裁缝负责，对吧？第二任务是什么，还没有人发现。

高大人：你来这儿，是为了把齐尔敦的信卖给我吧？

薛太太：让你买信是有条件的。你怎么猜到的？

高大人：因为你还没提到这件事呀。信带来了吗？

薛太太：（坐下）哦，才没呢！好衣裳不会有口袋的。

高大人：你出多少价？

薛太太：你这英国作风太荒谬了！英国人以为，人生的大小问题，凭一本支票簿就都解

决了。哼，我的好亚瑟，我的钱比你
的多得太多了，比起齐尔敦弄到手的钱
呢，也绝不会少。我要的不是钱。

高大人：那你要什么呢，薛太太？

薛太太：你为什么不叫我洛娜呢？

高大人：我不喜欢这名字。

薛太太：这名字你以前可喜欢得很。

高大人：是啊，就因为如此。

（薛太太作手势要他坐在她身旁。他笑
笑，照做了。）

薛太太：亚瑟，你曾经爱过我。

高大人：没错。

薛太太：而且你还向我求过婚呢。

高大人：那是我爱你的自然结果。

薛太太：而且你把我丢了，因为你看见了，或者
硬说是看见了，可怜的莫雷克老勋爵在
丹比的暖房里跟我猛烈调情。

高大人：我的印象是，这件事情早已由我的律

师跟你解决过了，当时的几个条件

呢……是由你订的。

薛太太：当时我穷呀，而你有钱。

高大人：一点也不错。就因为那样你才假装爱我。

薛太太：（耸肩）可怜的莫雷克老勋爵，他生前

只有两个话题，不是他的痛风就是他的

太太！我从来弄不清，他正在说的是哪

个话题。而无论是哪个话题，他的措词

都极为粗鄙。唉，当时你真傻，亚瑟。

哪，在我眼里，莫雷克勋爵只是好玩而

已。那种穷极无聊的开心事，只有在英

国乡下的庄宅里，在英国乡下的星期

天，才会发生。男男女女在一座英国乡

间庄宅里的行为，我不认为有谁该负道

义的责任。

高大人：是啊。我认识的许多人，都这么想。

薛太太：我爱过你，亚瑟。

高大人：我的好薛太太，你一向聪明过头，对爱

情反而一无所知。

薛太太：我爱过你，你也爱过我，你明白你曾经爱我；而爱情是一件非常美妙的东西。男人一旦爱过一个女人，想必仍然凡事愿意为她效劳，除了继续爱下去，对吧？

（把手放在他手上。）

高大人：（悄悄把手抽开）是啊，除了爱下去之外。

薛太太：（稍停）我在国外已经住厌了。我想回伦敦来。我想在此地买一栋漂亮的房子，办一个沙龙。只要我们能教英国人如何谈话，爱尔兰人如何听别人谈，此地的社交界就够文明了。何况，我已经到了浪漫的阶段了。昨晚在齐家一见到你，亚瑟，我就知道你是我唯一爱惜过的人，如果我爱惜过谁的话。所以呢，你哪天跟我结婚，当天早上我就把齐尔

敦的信交给你，这就是我出的价。我也

可以现在就交给你，只要你答应娶我。

高大人：就现在？

薛太太：（微笑）明天吧。

高大人：你确是当真？

薛太太：是啊，千真万确。

高大人：我娶你，会成为极坏的丈夫。

薛太太：我才不在乎丈夫坏呢。我已经有过两

个。都把我逗得开心极了。

高大人：你是说，你自己开够了心吧？

薛太太：我的婚姻生活你懂什么呢？

高大人：什么也不懂：可是我一目了然，像看一

本书。

薛太太：什么书呀？

高大人：（起身）户口簿。

薛太太：在家见客，却对女人这么无礼，你自命

很可爱吧？

高大人：如果那女人非常动人，那性别就是挑战

而非防守。

薛太太：想必这句话是意在恭维吧。我的好亚瑟，女人绝不会因为恭维而心软。男人却总是如此。这正是两性的差异。

高大人：据我所知，无论为什么女人都绝不心软。

薛太太：（稍停）那你是准备让你最要好的朋友齐尔敦给毁掉，也不肯娶一个其实魅力不减的女人啰。我本来还以为你会升高到自我牺牲的崇高境界呢，亚瑟。现在我仍然认为你应该如此。然后你的余年可以在欣赏自己的完美里度过。

高大人：哦！其实我是这样。自我牺牲这种事，应该立法禁止。这种事对于自我牺牲的对象，打击太大了。这班人总是会堕落的。

薛太太：倒好像还有什么事能教齐尔敦堕落似的！你似乎忘了，他的本性我最清楚。

高大人：你对他的认识并非他的本性。那件事只

是年轻的时候做的糊涂事，不光明，我
承认，可耻，我承认，值不得，我也承
认，所以啊……非他本性。

薛太太：你们男人真会互相包庇！

高大人：你们女人真会彼此斗争！

薛太太：（恨恨然）我只斗一个女人，只斗齐家
的葛楚德。我恨她。我现在比以前更
恨她。

高大人：想必是因为你把真正的悲剧带进了她的
生命吧？

薛太太：（冷笑）哦，女人的生命里真正的悲剧
只有一种。那就是过去永远归于情人，
而未来毫无例外归于丈夫。

高大人：你指的这种生活，齐夫人根本不明白。

薛太太：一个女人手套的尺寸如果是七又四分之
三，那她对一切事情必然所知有限。你
知道葛楚德总是戴七又四分之三号吗？
我跟她在是非黑白上永远合不来，这也

是一个原因……好吧，亚瑟，我想这次浪漫的会谈可以算是结束了。你也承认这会谈够浪漫，对吧？为了要有特权专利做你的妻子，我本来已经准备放弃一个大奖，也是我交际生活的巅峰。你却拒绝了。好极了。如果齐爵士不支持我的阿根廷计划，我就揭发他。简单得很。

高大人：你绝对不可以。这太下流、可怕、无耻。

薛太太：（耸肩）哦！别用大字眼吧。大字眼没多少意义。这只是商场上一笔交易。如此而已。把滥情带进来，没有好处。我不过向齐尔敦兜售一件东西。如果他不照我的价码付钱给我，他就得付更高的价钱给全世界。不必多说。我得走了。再见了。不跟我握手吗？

高大人：跟你？不用了。你跟齐尔敦的交易也许可以算是可恶的商业时代一笔可恶的商业交易；可是你似乎忘了，今晚你是来此地谈情说爱的，你的嘴唇却亵渎了爱这个字，对你而言爱这回事已经是紧闭的书本，你似乎忘了，就在今天下午，你去了一个女人的家里，她的高贵、温柔世上少有，只为了贬低她丈夫在她心目中的地位，蓄意摧残她对丈夫的爱，把毒液浇在她心上，苦汁倒在她命里，打破她的偶像，更可能毁掉她的灵魂。这件事我不能原谅你。太可怕了。这件事无可原谅。

薛太太：亚瑟，你待我不公平。相信我的话吧，你待我不公平。我根本不是去挖苦葛楚德的。我进门的时候，绝对无意去做那种事情。我跟马克贝夫人去拜访，不过是要问一下，昨晚我遗失的一件首饰，一件珠宝，下落不明，不知道齐府有没有找到。如果你不相信我，不妨去问马

克贝夫人。她会告诉你这是真的。至于
发生争吵，则是在马克贝夫人走后，实
在是葛楚德失礼损人把我给逼出来的。
我去她家，哦！——你爱这么说也行，
是有点出于恶意——不过真是去问一
下，有没有找到我的一枚钻石别针。这
就是整个事件的起因。

高大人：一枚蛇形的钻石别针，镶了红宝石
的吗？

薛太太：是啊。你怎么知道的？

高大人：因为已经找到了呀。其实呢，是我自己
找到的，临走时却糊涂得忘了把事情
告诉管家。（走到书桌前，把抽屉都拉
开）在这抽屉里。不是，在那个抽屉。
就是这枚别针，对吧？

（举起别针。）

薛太太：就是。真高兴，又找回来了。它原来
是……一件礼物。

高大人：你不戴起来吗？

薛太太：当然要了，只要你为我别上。（高凌子爵突然把它扣在她手臂上）你怎么把它当臂镯来佩戴呢？我从来不知道还可以当臂镯来戴呀。

高大人：真的吗？

薛太太：（伸出美丽的手臂）是呀，可是当臂镯来戴，看起来也很合身，对吧？

高大人：是啊，比起我上次见到它，合身多了。

薛太太：你上次什么时候看到的呢？

高大人：（恬然）哦，十年以前，戴在巴克雪夫人身上：你是从她那儿偷来的。

薛太太：（吃了一惊）你是什么意思？

高大人：我是说，这首饰你是从我表妹玛丽·巴克雪那儿偷来的，原本是我送她的结婚礼物。一个倒霉的佣人有了嫌疑，蒙羞之余被辞退了。昨晚我认出它来。当时我就决定，在找到小偷之前，一字不

提。现在我找到小偷了，而且听到她亲
口承认。

薛太太：（摇头）没有这回事。

高大人：你明知有这回事。哼，小偷这字眼此刻
就写在你脸上。

薛太太：我会从头到尾否认这件事。我会说，我
从来没见过这倒霉的东西，说它从来都
不属于我。

（薛太太想从自己手臂上解下这臂镯，
却解不开。高凌子爵顾而乐之。她的纤
纤手指猛拉宝物，徒劳无功。她破口
咒骂。）

高大人：偷东西的缺点，薛太太，在于偷的人根
本不晓得，偷来的东西有多奇妙。除非
你知道弹簧在哪里，那镯子你是解不开
的。看得出，你不知道弹簧在哪里。蛮
难找的。

薛太太：你这野兽！你这懦夫！

（她再度想解开臂镯，却解不开。）

高大人：哦！别用大字眼吧。大字眼没多少意义。

薛太太：（一阵发怒，口齿不清地又猛拉臂镯。然后停下，望着高凌子爵）你要怎么样呢？

高大人：我要按铃把佣人叫来。这佣人灵得很，总是铃声一响就来了。他一来，我就要他叫警察来。

薛太太：（发抖）叫警察？干什么？

高大人：明天巴克雪夫妇就会告你。所以要叫警察呀。

薛太太：（此刻陷入全身惊怖的痛苦之中。面孔扭曲，嘴巴歪斜，露出了真面目。她此刻为状恐怖。）不可以。你要我怎样都行。无论你要我怎样。

高大人：把齐尔敦的信给我。

薛太太：好了！好了！让我多想一想。

高大人：把齐尔敦的信给我。

薛太太：我没有带来。明天再给你吧。

高大人：你明知自己在说谎。立刻交给我吧。
（薛太太取出信来交他。她的脸色惨白
可怕。）这就是吗?

薛太太：（声音嘶哑）就是。

高大人：（接过信来，审视一遍，叹了口气，放
在烛火上烧掉）就一位衣着考究的女人
而言，薛太太，你也偶有常识过人的片
刻。恭喜你了。

薛太太：（瞥见齐夫人的信，信封从吸墨簿下露
出一端）请你倒杯水给我。

高大人：没问题。
（走到客厅一角，倒了一杯水。他一转
身，薛太太就偷了齐夫人的信。高凌子
爵端水回来，她摇手拒绝。）

薛太太：谢谢你。帮我把披风穿上好吗?

高大人：好啊。
（帮她披上披风。）

薛太太：谢谢。我绝对不会再去伤害齐尔敦了。

高大人：幸好你没有机会了，薛太太。

薛太太：哼，就算有机会，我也不干了。正好相反，我要帮他一个大忙。

高大人：这真是个好消息。简直革面洗心了。

薛太太：是啊。我不忍心让这么正直的一位绅士，这么可敬的一位英国绅士，竟然这么可耻地被人欺骗。所以啊——

高大人：怎么呢？

薛太太：我发现，不知为何，葛楚德临终的遗言跟招供，竟然误入了我的口袋。

高大人：你这是什么意思？

薛太太：（带着凄苦的胜利语气）我的意思，是准备把齐尔敦的妻子今晚写给你的情书，交给齐尔敦。

高大人：情书？

薛太太：（纵笑）"我需要你。我信赖你。我要来找你。葛楚德。"

（高凌子爵冲到书桌前，拿起信封，发现封里已空，转过身来。）

高大人：你这混账女人，你非偷东西不可吗？把那封信还我。否则我会动粗硬抢，我没到手，你休想出这个房间。

（他冲向她，可是薛太太立刻伸手去按桌上的电铃。铃声尖锐回响，费普思上。）

薛太太：（稍停）高大人按铃，只是叫你送我出去。晚安，高大人！

（走了出去，后面跟着费普思。她的脸上焕发着邪恶的胜利，眼中流露喜悦。青春似乎又回到她身上。她临去的一瞥利如快箭。高凌子爵咬着嘴唇，点燃一支烟。）

幕　落

# 第四幕

THE FOURTH ACT

布　景：如第二幕。

（高凌子爵站在壁炉旁，双手插在袋里。他看来有点厌烦。）

高大人：（取出怀表，看了一下，然后按铃）真是讨厌。这屋里就找不到人可以谈话。而我又满肚子的趣闻要报。我觉得自己就像最新的一版什么头条。

（仆人上。）

詹姆斯：齐爵士还在外交部，大人。

高大人：齐夫人还没有下楼来吗？

詹姆斯：夫人她还在自己房里呢。齐小姐倒是骑过马回来了。

高大人：（自语）啊！那还不错。

詹姆斯：贾大人在书房里等了齐爵士一会儿了。我告诉他说，大人您在这儿。

高大人：谢谢你。请你告诉他我已经走了好吗？

詹姆斯：（鞠躬）好的，大人。

（仆人下。）

高大人：说真的，我才不想一连三天都见到父亲呢。这对于做儿子的，未免太过刺激了。上天保佑，希望他不会上来。做父亲的不应该让儿子看见或者听见。只有这样，家庭生活才有良好的基础。做母亲的就不一样了。母亲都是可爱的。

（躺靠在一张椅上，拿起一张报纸，读将起来。）

（贾复山伯爵上。）

贾大人：喂，少爷，你在这里做什么？依旧在浪费你的时间吧，我看？

高大人：（丢下报纸，起身）我的好父亲，一个人拜访朋友，是存心浪费别人的时间，而非自己的时间。

贾大人：昨晚我对你讲的事情，你有没有好好想过呀？

高大人：一直到现在，我想的只有这件事情。

贾大人：准备好要结婚了吗？

高大人：（亲热地）还没呢，可是希望午餐以前
能订好婚。

贾大人：（讥讽地）为了你的方便，也可以宽限
到晚餐以前。

高大人：非常感谢，不过我想，还是乘早在午餐
以前订婚的好。

贾大人：哼，从来弄不清你是不是当真。

高大人：我自己也弄不清呀，父亲。

（稍停。）

贾大人：想必你看过今早的《泰晤士报》了吧？

高大人：（轻快地）《泰晤士报》？当然没有。我
只看《晨报》。现代生活应该知道的东
西，不过是公爵夫人都在哪里；此外一
切都十分令人沮丧。

贾大人：难道你是说，《泰晤士报》上评论齐

尔敦一生事业的那篇社论，你还没看
见吗？

高大人：天哪！没有呀。怎么说的呢？

贾大人：该怎么说呢，少爷？推崇备至，当然
了。自从康宁以来，下议院里的滔滔雄
辩，很少赶得上齐尔敦昨晚评论这阿根
廷运河方案的演讲。

高大人：啊！康宁呀，从没听说过。也绝不想
听。那齐尔敦可曾……可曾支持那方
案呢？

贾大人：支持那方案，少爷？你真是太不了解他
了！嘿，他把那方案痛批了一顿，连
现代官僚财政的整个制度都不放过。
《泰晤士报》就说，这一篇演说是他事
业的转机。少爷，你应该念念这篇文
章。（翻开《泰晤士报》）"罗伯特·齐
尔敦爵士……我国年轻一代政治家中
之新秀……才气过人的演说家……洁

白无瑕的事业……人尽皆知的正直品
格……可谓英国官场的表率……比起
外交界政客常见的失德失守来，诚为高
贵之对照。"人家对你就绝对不会这么
说，少爷。

高大人：我也诚心诚意不希望人家这么赞我，父
亲。不过，听您说罗伯特的消息，我倒
很高兴，高兴极了。足见他有胆量。

贾大人：他岂止有胆量，少爷，他还有天才。

高大人：啊！我宁愿要胆量。这年头呀，胆量可
不像天才那么常见。

贾大人：但愿你也能进国会。

高大人：我的好父亲，只有看来迟钝的人，才进
得了下议院，只有生性迟钝的人，才会
在下议院大行其道。

贾大人：你这一生为什么不努力做一点有益的事
情呢？

高大人：我还年轻得很呢。

贾大人：（不耐地）我最讨厌这种假冒青春了，少
爷。这年头啊，这种姿态太过流行了。

高大人：青春不是假冒。青春是一种艺术。

贾大人：你为什么不向那位漂亮的齐小姐求婚呢？

高大人：我生性太过紧张了，尤其是在早上。

贾大人：我看哪，她根本不会答应你。

高大人：我也不知道今天的胜算如何。

贾大人：万一她答应了你，她就真成了英国最漂
亮的笨蛋了。

高大人：那正是我要娶的女人。换了是十足懂事
的老婆，不到六个月，就会害我沦为全
然的白痴。

贾大人：你配不上人家的，少爷。

高大人：我的好父亲呀，要是我们男人都娶了跟
自己半斤八两的女人啊，我们就惨透了。
（齐玫宝上。）

齐玫宝：哦！……您好吗，贾大人？贾夫人想
必很好吧？

贾大人：贾夫人还是老样子，还是老样子。

高大人：早安，玫宝小姐！

齐玫宝：（全然不理高凌子爵，只顾对贾复山伯
爵说话）还有贾夫人的帽子呢……改
进了一点没有？

贾大人：那些帽子呀，又旧病复发，还很不轻，
真是抱歉。

高大人：早安，玫宝小姐。

齐玫宝：（对贾复山伯爵说）希望不必开刀。

贾大人：（被她的顽皮逗笑了）真有必要的话，
就得先把贾夫人麻醉才行。否则休想她
让人动一根羽毛。

高大人：（更加强调）早安，玫宝小姐！

齐玫宝：（假装惊讶地转过身来）哦，你在这儿
哪？你当然应该明白，既然你没有守
约，我是绝对不会再跟你说话的了。

高大人：哦，请别这么说吧。伦敦之大，我真正
希望听我说话的人，只有你一个。

齐玫宝：高大人，无论是你还是我说给对方听的
　　　　话，我是一个字也不相信。

贾大人：你说得对极了，亲爱的齐小姐，对极
　　　　了……我是说，就他而言。

齐玫宝：教您的儿子偶尔也乖一点吧，您想您办
　　　　得到吗？总得改一下呀。

贾大人：真是遗憾，齐小姐，我对自己的儿子一
　　　　点儿影响也没有。但愿我有。那样的
　　　　话，我就知道要他怎么办。

齐玫宝：只怕他这种人天生软弱异常，不受人家
　　　　影响。

贾大人：他是全无良心，全无良心。

高大人：我在这儿好像有一点碍事。

齐玫宝：幸亏你碍事，才知道人家在你背后怎么
　　　　说你。

高大人：我才不要知道人家在背后怎么说我呢。
　　　　知道了，我就会太自大了。

贾大人：这一来，亲爱的齐小姐，我真的得跟你

说再见了。

齐玫宝：哦！希望你不至于留我一个人跟高大人

在一起吧？尤其是天色还这么早。

贾大人：只怕我不能带他去唐宁街。今天不是首

相接见无业游民的日子。

（和齐玫宝握手，然后拿起帽子和手杖

出去，临别还向高凌子爵怒目以瞪。）

齐玫宝：（拾起玫瑰，向桌上的花钵插起花来）

约好在公园里见面，却又爽约，这种人

最讨厌了。

高大人：最可恨了。

齐玫宝：幸好你还承认。不过我希望，你的表情

别这么幸灾乐祸。

高大人：这我没办法。每当我跟你在一起，就会

满面喜色。

齐玫宝：（忧伤地）那，看来我的责任是要陪

你了？

高大人：那是当然。

齐玫宝：哼，责任这件事呀，我照理是绝对不理的。这件事总是令我沮丧。所以只怕我得离开你了。

高大人：请你别走，玫宝小姐。我有很特别的事情要跟你说。

齐玫宝：（狂喜）哦，是要求婚吗？

高大人：（有点意外）嗯，是啊，是的——我必须承认。

齐玫宝：（欣然叹了口气）我真高兴。这是今天第二次了。

高大人：（愤然）今天第二次了吗？哪个笨蛋自命不凡，竟然这么无礼，敢在我之前向你求婚？

齐玫宝：当然是汤米·蔡福德了。今天正是他求婚的日子。在社交季节，他总是在礼拜二跟礼拜四来求婚。

高大人：你没有答应他吧，我希望？

齐玫宝：我的规则是绝不答应汤米。就因为如此，他才不断地求婚。当然了，因为今早你没有出现，我几乎答应他了。我真要答应他的话，对他，对你，都是一大教训，教你们两个人要懂礼貌。

高大人：哦！去他的汤米·蔡福德。汤米是个傻气的小笨蛋。我爱你。

齐玫宝：我知道。我认为你早应该说出来了。敢说我已经给过你一大把机会。

高大人：玫宝，认真一点。请你认真一点。

齐玫宝：啊！这种话呀，男人在娶女孩子之前总是对她这么说的。一结过婚，就再也不说了。

高大人：（握她的手）玫宝，我已经对你说我爱你了。你能够爱我一点作回报么？

齐玫宝：你这个傻亚瑟！只要你知道人家……哪怕知道一点点，可惜你不知道，否则你应该明白我有多爱慕你。这件事，除你之外，伦敦的人全知道。我爱慕你的方式，简直成了公开的丑闻了。一连六个月，我到处告诉整个社会，说我多爱慕你。真不知道，你还肯不肯跟我说话了。我的人格已经荡然无存。至少，我这么快乐，所以我很肯定，我的人格已经荡然无存了。

高大人：（一把抱住她，吻她。接着因幸福而片刻无语）亲爱的！你知道我多害怕被你拒绝吗！

齐玫宝：（仰望着他）可是你从来都没有被人拒绝过，对不对，亚瑟？我想不出谁会拒绝你。

高大人：（又吻她一次）当然了，我还不很配得上你，玫宝。

齐玫宝：（紧偎着他）我真高兴，达令。我就一直害怕你配得上我。

高大人：（略为迟疑）还有，我⋯⋯我都三十出头了。

齐玫宝：亲爱的，你看来比三十还差了好几个礼拜呢。

高大人：（热烈地）你这么说，太好心了！……还有呢，天公地道，我得坦白告诉你，我这人浪费得可怕。

齐玫宝：不过我也一样，亚瑟。所以我们一定合得来的。现在我得去看葛楚德了。

高大人：你真的要走吗？

（吻她。）

齐玫宝：是啊。

高大人：那一定要转告她，说我有话要专跟她讲。为了要见她或者罗伯特，我在此地已经等了一上午了。

齐玫宝：你的意思是说，你刚才来此地，并非专诚向我求婚吗？

高大人：（胜利地）对啊；那只是灵光一闪而已。

齐玫宝：是你的第一次。

高大人：（坚决地）是我最后一次。

齐玫宝：这句话听来倒悦耳。现在你别动。我五分钟就回来。我不在的时候，可别受人什么诱惑啊。

高大人：亲爱的玫宝，你不在的时候，根本没有诱惑。这使我太依赖你了。

（齐夫人上。）

齐夫人：早安，玫宝！你看来真漂亮！

齐玫宝：你看来真苍白，葛楚德！这样最合你了！

齐夫人：早安，高大人！

高大人：（鞠躬）早安，齐夫人！

齐玫宝：（悄悄对高大人说）我会在暖房里，在左边的第二棵棕树下。

高大人：左边的第二棵吗？

齐玫宝：（佯作惊讶状）是呀；总是那棵棕树嘛。

（趁齐夫人不注意，向他抛了一个飞吻，走出房去。）

高大人：齐夫人，我有一些大好的消息要告诉你。薛太太昨晚把罗伯特的那封信交出来给我，我把它烧掉了。罗伯特没事儿了。

齐夫人：（稳靠在沙发上）没事儿了！哦！这，
我太高兴了。你真够朋友，救了他——
救了我们！

高大人：可是还有一个人，可以说有点危险。

齐夫人：那是谁啊？

高大人：（坐在她身边）你自己。

齐夫人：我！有危险？你这是什么意思？

高大人：危险这个字眼太严重了。我不该用这字
眼的。可是我得承认，有件事要告诉
你，也许会令你难过，已经令我很难过
了。昨天晚上你写给我一封信，很美，
很女性，要求我帮助你。你写信的语
气，是把我当作你的老朋友，当作你丈
夫的老朋友。薛太太却从我房里偷走了
那封信。

齐夫人：哼，对她有什么好处呢？她为什么不能
拿呢？

高大人：（起身）齐夫人，让我坦白告诉你吧。
　　　　薛太太对那封信有特别的解释，而且准
　　　　备把它交给你的丈夫。

齐夫人：可是她对那封信能作什么解释呢？……
　　　　哦！不行！不行！如果我——有了麻
　　　　烦，需要你帮助，又信赖你，准备去找
　　　　你……要你为我出主意……帮我忙……
　　　　哦！真有女人那么可怕吗……？她还准
　　　　备把信交给我丈夫哪？告诉我事情的经
　　　　过。把一切经过都告诉我。

高大人：当时薛太太躲在我家书房的隔壁，我不
　　　　知道。我以为在隔壁等着要见我的，是
　　　　你自己。罗伯特突然来访。隔壁倒了一
　　　　张椅子或什么。他硬冲进去，发现了
　　　　薛太太。我们就吵了起来。而我还以为
　　　　里面那个人是你呢。他呢怒发冲冠地走
　　　　了。闹到后来，你的信到了薛太太手
　　　　里——是她偷的，至于何时偷的，又

是如何偷的，我就不知道了。

齐夫人：那是几点钟的事呀？

高大人：十点半。我现在建议，我们把整个事件
立刻告诉罗伯特。

齐夫人：（愕然望他，表情近乎惊恐）你要我告
诉罗伯特说，当时你等待的那女人，不
是薛太太而是我吗？告诉他说，你还
以为，晚上十点半在你家房间里躲着的
人，是我吗？你要我对他这么说吗？

高大人：我认为，还是让他知道真相比较好。

齐夫人：（起身）哦，我办不到，我办不到！

高大人：让我来说好吗？

齐夫人：不行。

高大人：（正色）你错了，齐夫人。

齐夫人：不行。那封信一定得拦下来。就这么
办。可是我该怎么办呢？一整天，随时
都有信送来给他。他的秘书会把信拆
开，交给他。我可不敢叫佣人把他的信

拿给我。这不可能。哦！你怎么不教我
该怎么办呢？

高大人：不要慌张，齐夫人，我要问你几个问
题，你要回答。刚才你说，他的信是由
秘书拆开的。

齐夫人：是啊。

高大人：今天谁来上班？是蔡福德先生吗？

齐夫人：不是。是孟福德先生，我想。

高大人：你能信赖他吗？

齐夫人：（做一个绝望的手势）哦！我怎么知
道呢？

高大人：你托他的事情，他总会做吧？

齐夫人：我想会的。

高大人：你的信是用粉红色的信纸。他不用读信
就认得出来的吧，就凭颜色呀？

齐夫人：应该是的。

高大人：他此刻在府上吧？

齐夫人：是啊。

高大人：那我自己就去见他，跟他说有一封信，
粉红色信纸写的，今天本来要交给罗
伯特，可千万不能到他手里。（走到门
口，把门拉开）哦！罗伯特上楼来了，
手里拿着那封信呢。已经到他手里了。

齐夫人：（发出痛苦的呼声）哦！你救了他一命；
可是你把我的命怎么了？

（齐尔敦爵士上，手里拿着信，正读着。
他走向妻子，没有注意高凌子爵在场。）

齐爵士："我需要你。我信赖你。我要来找你。
葛楚德。"啊，亲爱的！是真的吗？你
真的信赖我，需要我吗？果真如此，应
该是我来找你，而非你写信说要来找
我。你这封信啊，葛楚德，使我觉得，
无论这世界如何待我，现在都不能伤害
我了。你需要我吗，葛楚德？

（高凌子爵仍未被齐尔敦爵士发现，向
齐夫人示意，要她接受现势和齐爵士的

　　误解。）

齐夫人：是啊。

齐爵士：你信赖我吗，葛楚德？

齐夫人：是啊。

齐爵士：啊！那你为什么不加上一句，说你爱我呢？

齐夫人：（握他的手）因为我本就爱你。

　　（高凌子爵潜入暖房。）

齐爵士：（吻她）葛楚德，你不知道我的感受。孟福德隔着桌子把你的信递给我——他也没有看信封上的笔迹，我想，便误拆了信——我读了信——哦！我才不管自己会面临什么羞辱或惩罚呢，一时只想到你仍然爱我。

齐夫人：你不会面临什么羞辱，或是当众出丑。薛太太已经把她掌握的文件交给了高大人，高大人已经把它销毁了。

齐爵士：这件事你肯定吗，葛楚德？

齐夫人：肯定呀，高大人刚刚告诉我的。

齐爵士：那我没事儿了！哦！没事儿了，太美妙了！这两天我一直惶恐不安。现在我没事儿了。我的信，亚瑟是怎么销毁的呢？告诉我。

齐夫人：他烧掉的。

齐爵士：但愿我亲眼看到自己年轻时唯一的罪过烧成了灰。在现代生活里，该有好多男人啊，愿意看着自己的过去当面烧成了白灰！亚瑟还在这里吗？

齐夫人：在呀，在暖房里。

齐爵士：现在我真庆幸，昨晚在下议院发表了那篇演说，真是庆幸。当时我一面说，一面以为结果要当众出丑，结果却不然。

齐夫人：结果是当众表扬。

齐爵士：我想是的。我也几乎担心会如此。因为，虽然我已经不会败露，虽然不利的证据全都销毁，我想，葛楚德……我

想我还是该退出政坛吧？

（他不安地望着妻子。）

齐夫人：（热切地）哦，是啊，罗伯特，你应该
这么做。你有义务这么做。

齐爵士：要放弃的太多了。

齐夫人：不是，能收获的太多了。

（齐尔敦爵士在室内来回踱步，表情烦
恼。然后走到妻子面前，用手按在她
肩头。）

齐爵士：你甘愿单独跟我去一个地方过日子，或
许出国，或许下乡，远离伦敦，退出官
场吗？你不会懊悔吗？

齐夫人：哦！才不会呢，罗伯特。

齐爵士：（忧伤地）那么你对我的期望呢？你一
向对我期望很高的。

齐夫人：哦，我的期望呀！现在我别无期望了，
只期望我俩能够相爱。误导你走上歧途
的，正是你的自许。我们别再谈什么期

许了吧。

（高凌子爵从暖房回来，表情非常自得，而且佩戴着别人为他佩上的全新襟花。）

齐爵士：（走向他）亚瑟，承蒙帮忙，真是多谢。不知道该怎么报答你。

（与他握手。）

高大人：老兄，我马上会告诉你的。就在此刻，就在平常的那棵棕榈树下……我是说在暖房里……

（梅逊上。）

梅　逊：贾大人来访。

高大人：我那神妙的父亲总在错误的时刻出现，真成了习惯了。他这人全无良心，真是全无良心。

（贾复山伯爵上。梅逊下。）

贾大人：早安，齐夫人！你昨晚的演说精彩极了，齐尔敦，要大大地庆贺你。我刚从首相那里来，你呀就要补缺进入内阁了。

齐爵士：（带着喜悦与胜利的表情）要入阁吗？

贾大人：对；首相的信函在此。

　　　　（递过信函。）

齐爵士：（接信，展读）延揽入阁！

贾大人：当然了，你呢也受之无愧。你所具备
　　　　的正是当今官场最欠缺的东西——高
　　　　尚的人品、高超的论调、高贵的原则。
　　　　（对高凌子爵说）这一切都是你所欠
　　　　缺，也绝对修炼不来的。

高大人：我可不喜欢原则，父亲。我只要偏见。

　　　　（齐爵士正要接受首相的邀请，忽然看
　　　　见自己的妻子眼神清朗而坦率地望着
　　　　他。于是他明白那事情做不得。）

齐爵士：这邀请我不能接受，贾大人。我已经决
　　　　定敬谢不敏。

贾大人：敬谢不敏哪，齐爵士！

齐爵士：我打算立刻退出政坛。

贾大人：（大怒）拒绝入阁，退出政坛？我活了

一辈子，从没听过这么混账的胡说八道。失礼了，齐夫人。齐尔敦，对不起。（对高凌子爵）别笑得那么得意了，少爷。

高大人：不敢，父亲。

贾大人：齐夫人，你是个懂事的女人，是伦敦最懂事的女人，我认识的女人里你最懂事了。你可不可以做做好事，劝你的丈夫别做这种……别说这种……你可不可以做做好事，齐夫人？

齐夫人：我认为我丈夫的决定是对的，贾大人。我赞成。

贾大人：你赞成？我的老天！

齐夫人：（握住丈夫的手）我赞美他的决定。我非常赞美他的决定。我从来没有这么赞美过他。以前我觉得他好，现在他甚至更好了。（对齐爵士）你这就去回信给首相，好吗？别犹豫了，罗伯特。

齐爵士：（略带不满）看样子我还是立刻去写吧。
这种机会不会再来的。请恕我失陪一
下，贾大人。

齐夫人：我可以跟你去吗，罗伯特？

齐爵士：好啊，葛楚德。

（齐夫人随他下。）

贾大人：这一家人是怎么搞的？这里头有什么不
对吗？（拍拍额头）白痴吗？遗传来
的，我想是。还两个一起，太太跟丈夫
一模一样。惨透了，真是惨透了。还不
是什么古老的世家呢。真是不懂。

高大人：不是白痴啦，父亲，我保证。

贾大人：那会是什么呀，少爷？

高大人：（略为迟疑）唉，这年头大家叫它做道
德的高调，父亲。如此而已。

贾大人：最讨厌这些新奇的名词了。跟五十年前
大家叫惯的白痴还不是一样。这屋子再
也待不下去了。

高大人：（握住他的手臂）哦！你就进去一下子吧，父亲。左边的第二棵棕榈，平常的那棵棕榈树。

贾大人：干什么呀，少爷？

高大人：对不起，父亲，我忘了。你去暖房，父亲，去暖房吧——里面有一个人，我希望你跟那个人谈一谈。

贾大人：谈什么呢，少爷？

高大人：谈我呀，父亲。

贾大人：（冷冷地）这题目不怎么可能谈笑风生。

高大人：对呀，父亲；可是那位小姐跟我一样。她并不在乎别人是否谈笑风生。她认为谈笑风生有点刺耳。

（贾复山伯爵走进了暖房。齐夫人上。）

高大人：齐夫人，你怎么玩起薛太太的牌来了？

齐夫人：（吃了一惊）我不懂你的意思。

高大人：薛太太本来想要毁了你的丈夫：不是把他赶出政坛，就是逼他同流合污。你把他救出了后面这悲剧，却把他推进了前面的悲剧。薛太太想害他而没害成，为什么你反而要接手呢？

齐夫人：高大人！

高大人：（振作精神，准备奋斗，展现花花公子背后的哲学家本色）齐夫人，让我说下去。昨晚你写信给我，说你信赖我，需要我帮忙。现在真正是你需要我帮忙的时刻，现在正是你必须信赖我，信赖我给你忠告与判断的时机。你爱罗伯特。难道你要摧毁他对你的爱情吗？如果你剥夺了他雄心的成果，如果你逼他放弃大好宦途的风光，如果你断掉他从政的生路，而他，天生的胜利者与赢家，如果你害得他一败涂地，他以后的日子怎么过呢？女人生来不是为了要判断我们，而是我们需要饶恕的时候饶恕我们。你们的任务是原谅，不是惩罚。

只为了年轻时犯的一桩罪过，当时他还
不认识你，也不认识他自己，你又何必
鞭打他呢？男人的生命比女人的更加宝
贵：它的影响更大，天地更广，雄心更
高。女人的生命绕着感情的曲线旋转。
男人的生命却顺着理智的路线进行。不
要犯下大错，齐夫人。一个女人只要能
保有男人的爱，而且用爱来回报，就等
于完成了全世界要求于女人，或者应该
要求于女人的任务了。

齐夫人：（烦恼而迟疑）可是我丈夫是自己甘愿
退出政坛的呀。他觉得这是他的本分。
是他先这么说的。

高大人：为了保住你的爱，罗伯特什么都肯，甚
至毁掉他一生的事业，就像他现在要做
的这样。听我的忠告吧，齐夫人，不要
接受这重大的奉献。万一你接受了，
你会痛苦地忏悔一生。男人也好女人也

好，我们不是天生来消受彼此的这种奉献的。这样的奉献，谁也不配。何况，罗伯特已经受够了罪了。

齐夫人：我们两人都受够了罪了。我把他供得太高了。

高大人：（声音含着深情）不要因为那缘故现在又把他贬得太低。一旦他从神坛掉了下来，也不要把他推入泥沼。罗伯特要是失败了，就等于落入了羞辱的泥沼。他的心血都花在权力上。失去权力，他就会失去一切，甚至感受爱情的能力。你丈夫的生命此刻就握在你手里，你丈夫的爱情也握在你掌中。不要把两样都糟蹋了，害了他。

（齐尔敦爵士上。）

齐爵士：葛楚德，这是我回信的草稿。我念给你听好吗？

齐夫人：给我看吧。

（齐尔敦爵士把信递给她。她读过，然
后用激动的手势把它撕掉。）

齐爵士：你在做什么？

齐夫人：男人的生命比女人的更加宝贵：它的影
响更大，天地更宽，雄心更高。我们的
生命绕着感情的曲线旋转。男人的生命
却顺着理智的路线进行。我刚从高大
人那儿领悟到这一点，还有别的许多道
理。我不会糟蹋你的生命，也不会眼看
你糟蹋自己的生命，当作对我的奉献，
白白的奉献！

齐爵士：葛楚德！葛楚德！

齐夫人：你可以遗忘。男人很健忘的。而我可以
原谅。女人就如此来成全这世界。这道
理我现在懂了。

齐爵士：（深受感动，将她抱住）我的好太太！
我的好太太！（对高凌子爵）亚瑟，看
来我永远欠你的情。

高大人：哦不对，罗伯特。你欠的是齐夫人，不是我！

齐爵士：我欠你可多了。刚才贾大人进来，你正有事情要问我，现在跟我说吧。

高大人：罗伯特，你是令妹的监护人，我要你允许我和她结婚。就这件事。

齐夫人：哦，太高兴了！太高兴了！

（和高凌子爵握手。）

高大人：谢谢你，齐夫人。

齐爵士：（神色烦恼）我妹妹嫁给你？

高大人：是啊。

齐爵士：（语气十分坚定）亚瑟，非常抱歉，不过这件事根本不行。我得考虑玫宝未来的幸福。而我不认为，她的幸福交在你手中可以确保。我不能让她牺牲。

高大人：牺牲！

齐爵士：不错，全被牺牲。没有爱情的婚姻太可怕了。可是有一件事情，比毫无爱情的

婚姻更糟。那就是，有一种婚姻虽有爱
情，却是片面；虽有信心，却是单向；
虽有诚意，却是一方；两颗心里有一颗
注定要伤心。

高大人：可是我爱玫宝呀。我的生命里容不下别
的女人。

齐夫人：罗伯特，只要他们相爱，为什么不能
结婚？

齐爵士：玫宝应得的爱情，亚瑟不能给她。

高大人：你凭什么这样说？

齐爵士：（稍停）你真要我告诉你吗？

高大人：当然。

齐爵士：好吧。昨晚我去府上，发现薛太太躲在
你的房里。时间是夜里十点到十一点之
间。我不愿再多说了。你跟薛太太的关
系，我昨晚就对你说过，与我毫不相
干。我知道你从前和她订过婚。那时她
对你的魅力，似乎又恢复了。昨晚你对

我说到她，像是说一个纯洁无瑕的女人，受你尊敬而且推崇。或许真是如此。可是我不能把我妹妹的一生交在你的手里。不然我就犯了错误。这对她不公平，太不公平了。

高大人：我没有什么好说的了。

齐夫人：罗伯特，高大人昨晚等的，不是薛太太。

齐爵士：不是薛太太！那又是谁呢？

高大人：是齐夫人！

齐夫人：正是你自己的太太。罗伯特，昨天下午高大人对我说，只要我有困难，就可以去找他帮忙，因为他是我们最久、最好的朋友。后来，在这间房里大吵了一架之后，我写信给他，说我信赖他，需要他，并且要去找他帮忙，向他求救。（齐爵士从袋里取出信来。）对呀，就是那封信。结果我并没去高大人家。我觉得，真要帮忙，还只有靠我们自己。我这么想，是出于自尊。薛太太却去了。她偷了我的信，今早又匿名寄了给你，让你以为……哦！罗伯特，她要你怎么想，我实在说不出口……

齐爵士：什么话！难道在你的眼里我已经如此堕落，竟让你以为，我会怀疑你的美德于万一吗？葛楚德啊葛楚德，对于我，你是一切美德的洁白象征，罪恶根本碰你不着。亚瑟，你可以去见玫宝了，我全心全意祝福你们！哦！等一下。这封信的前头没写名字。聪明的薛太太倒似乎没有注意。应该写个名字。

齐夫人：让我写上你的名字吧。我信赖的、需要的是你。是你，不是别人。

高大人：嗯，老实说吧，齐夫人，我认为我应该收回自己的信了。

齐夫人：（微笑）不行；你可以把玫宝收去。

（取过信来，填上她丈夫的名字。）

高大人：嗯，希望她还没有改变主意。从我刚才
　　　见她到现在，快要二十分钟了。（齐玫
　　　宝与贾复山伯爵上。）

齐玫宝：高大人，我认为令尊的谈吐比你的进步
　　　了许多。将来我准备只跟贾大人谈天
　　　了，而且总是在平常的那棵棕榈树下。

高大人：达令！

　　　（吻她。）

贾大人：（十分意外）这是什么意思呀，少爷？
　　　总不会是这位动人而聪明的年轻淑女，
　　　竟想不通，答应了你的求婚吧？

高大人：正是如此，父亲！齐尔敦竟想通了，准
　　　备应邀入阁呢。

贾大人：好消息，齐尔敦，我太高兴了……恭喜
　　　你了，阁下。只要英国不被恶狗或者激
　　　进党拖垮，我们总有一天由你做首相。

　　　（梅逊上。）

梅　逊：午餐摆好了，夫人！

　　　　（梅逊下。）

齐玫宝：贾大人，你可以留下来用餐吧？

贾大人：好极了，餐后呢，齐尔敦，我会送你同
　　　　车去唐宁街。你真是前途无限，前途无
　　　　限。（转向高凌子爵）但愿我也能同样
　　　　祝福你，少爷。但是你的发展只好限于
　　　　家庭了。

高大人：是呀，父亲，我也宁可待在家里。

贾大人：如果你对待这位小姐不像个理想丈夫，
　　　　就休想得到我分文遗产。

齐玫宝：理想丈夫！我才不稀罕呢。听来像是下
　　　　辈子的事情。

贾大人：你究竟要他做什么呢，好孩子？

齐玫宝：他爱做什么都可以。我只想做……
　　　　做……哦！踏踏实实做他的太太。

贾大人：说真的，齐夫人，这句话大有道理啊。

　　　　（众人都离去，剩下齐尔敦爵士。他靠

在椅背上，沉入深思。不久，齐夫人回

来找他。）

齐夫人：（俯身在椅背上）你还不进来吗，罗

伯特？

齐爵士：（握她的手）葛楚德，你对我的感觉是

爱情呢，或者仅仅是怜悯？

齐夫人：（吻他）是爱情，罗伯特。是爱情，纯是

爱情。对我们两人，新的生活正开始。

**幕 落**

一九九五年二月三日译毕于西子湾

# 百年的掌声

## ——《理想丈夫》译后

## 一

　　整整一百年前，王尔德有两出喜剧相继在伦敦首演，同样轰动文坛，其中的妙语警句，无中生有，匪夷所思，反常偏偏合道，无理偏偏有趣，令人入耳难忘，更是众口竞传。那年一月《理想丈夫》（*An Ideal Husband*）上演成功，韦尔斯与萧伯纳都为文称美。二月间《不可儿戏》跟进，更是轰动。一位剧作家同时有两出戏叫座叫好，真可谓占尽风光了。王尔德不免得意忘形，忘了维多利亚时代的社会有多保守，对于自己的同性恋情非但不知收敛，反而当众宣扬。他不服男友道格拉斯的父亲昆司布瑞侯爵指他"好男色"，不听别人劝阻，径向法院控告侯爵，结果官司败诉，他反成被告，法院判他同性恋有罪，入狱服苦役两年。刑满出狱，王尔德不见容于英国的"上流社会"，也就是他在四出喜剧中一再讽刺过的 the Society，乃自放于法国，三年后死于巴黎。

王尔德的悲剧是双重的反讽：其一是失败的深谷紧接着胜利的高潮，把"否极泰来"颠倒成"泰极否来"。另一是唯美才子王尔德，身为英国传统"善构剧"（the well-made play）高手，明知秘密乃戏剧之灵魂，而剧情在保密与泄密之间柳暗花明，迂回进展，才能够维持紧张而达于高潮，明知如此，却不肯在一百年前的那个社会守住自己的重大秘密，反而自暴隐私，身陷囹圄，终于流亡海外，真的成了自己剧中的"沧桑男子"（man with a past）。

在《不可儿戏》里，亚吉能和好友杰克是一对难兄难弟。亚吉能为了逃避欧姨妈，创造了一个长期病人叫梁勉仁（两面人），便于随时下乡；杰克为了追求关多琳，创造了一个弟弟叫任真（认真），便于随时进城。两人都有自己的秘密需要瞒人，但是两人其实是多年失散的亲兄弟，这天大的私密，却要等到剧终的高潮才霍然揭晓。

《温夫人的扇子》里，欧琳太太原来是温夫人的母亲，二十年前抛夫弃女，随情人私奔，不久却被情人抛弃，流落江湖。二十年后她听闻女儿嫁了贵夫，便利用自己的秘密向温大人勒索到一笔财富，并借温大人的牵引，得以重回上流社会。这一切隐情，温夫人全然不知，反而疑惑丈夫有了外遇。温大人夹在妻子和岳母之间，既要瞒住妻子，又要满足岳母，两难的困境使剧情倍加紧张。温夫人在羞愤之余，私奔爱慕她的达林顿大人，幸有欧琳太太，她心目中的"坏女人"，及时赶去劝阻。但是这么一来，温夫人自己也有了一个秘密不可告人，反而要靠那"坏女人"为她掩饰。这一大一小的两个秘密，形成了剧情起伏的关键，几度被推到败露的悬崖，带来高潮。

## 二

《理想丈夫》也有一个重大的秘密，不得泄漏。外交部副部长齐尔敦爵士年轻时担任赖德利勋爵的秘书，得悉英国政府拟购苏伊士运河的股份，将内阁机密泄于安海男爵，获利致富，因而宦海一帆风顺。当年他写给安海男爵的那封密函，落入了男爵情妇薛芙丽太太的手里。薛太太乃以此信威胁齐爵士，逼他在下议院支持她重资投机的阿根廷运河计划，他若不从，就将此信公开。

齐爵士多年前的隐私忽然面临败露，顿感

双重的威胁。其一是政治生命即将断送，其二是一旦揭发，爱妻恐将不再爱他。齐夫人是一位有道德洁癖的清教徒，一向崇拜丈夫，认为他高贵无瑕，一旦发现他败德的真相，婚姻必然不保。前有强敌，后有严妻，素来受人敬畏的齐爵士十分恐慌，顿成弱者，一位被多年隐私回头反噬的"沧桑男子"。

但在另一方面，齐夫人在情急之余派人送了一封短笺给高大人，只说："我需要你。我信赖你。我要来找你。"不巧这封信也落到了薛太太手里，这次成为对齐夫人贞洁的威胁。

和齐爵士一样，薛太太也有她不堪追究的过去，包括偷窃和诱婚，十足一位"沧桑女子"（woman with a past）。原来她和高大人订过婚，却又被撞见与一位老贵族调情，解约的条件反而使她得益。这时她在胁迫齐爵士后拜访高大人，欲续旧情，并且表示愿意放弃齐爵士的旧信，换取高大人娶她为妻。高凌拒绝了她，反控她当年偷了他送给表妹①当婚礼的钻石胸针。薛太太只得交出齐爵士的旧信，却乘机窃走了齐夫人的新函。

社会栋梁的齐爵士夹在对峙的两个女强人中间，没有出路，成了弱者。反之，玩世不恭的高大人，伦敦第一闲人，在紧要关头却出手相救，解除了他的危机。在高大人的面前，两位女强人却成了弱者：一位被他制伏，一位被他说服。对比着名高权重的齐爵士困兽盲斗，一事无成的高大人更显得谈笑风生，指顾间，强房已灰飞烟灭。高大人不是危机的当事人，却是本剧的真正主角。

王尔德剧中的人物，大致可分为对照的两类：其间不是道学的正邪之别，而是美学的雅俗之分。正人君子、淑女贤媛一类，在道德上当然属于正方，但在风格上却未必是雅人。反

---

① 原译为妹妹。

之，浪子名士、浪女刁妮一类，在道德上不属
正派，但在风格上却未必是俗客。《温夫人的扇
子》里的温氏夫妇、《理想丈夫》里的齐氏伉
俪，皆属前一类。《温》剧里的达林顿、《理》
剧里的高凌，属于后一类。《不可儿戏》完全超
越了道德纠纷，原则上一切角色都不正派，只
有配角劳小姐是个小小例外；至于杰克和亚吉
能一对浪子，加上关多琳和西西丽一对刁妮，
当然都属于后一类。每逢正主在场，多半言语
无味；一到反客开口，妙语警句就如天女散花，
飘逸不滞，绝无冷场。王尔德的名言大半是由
他们说出来的。但是正派角色却也不尽无用，
因为反派的放浪形骸需要他们提供背景，设定
坐标，来作陪衬。

　　高凌是这一切花花公子里面最飘然不群的
一位。论者几乎一致认为，他就是王尔德的化
身：他的风趣机智、倜傥自赏、懒散不振，却
又见解通达，都来自赋他生命的王尔德。单看

《理想丈夫》里，他在第一幕出场，介绍之不足，更在第三幕出场时再加描写，便知王尔德对他如何刻意经营。第一幕说他"一张有教养而无表情的脸。很聪明，但不愿被人发现。十全十美的纨绔子弟，如果有人认为他浪漫风流，他却会不悦。他游戏人生……喜欢被人误会，以取得有利地位"。第三幕又说他"看得出他熟习现代生活，其实是在创造现代生活，并善加掌握。他是思想史上第一位穿得体面的哲学家"。

高凌衣着光鲜，谈吐高雅，开口辄有惊世骇俗的怪论，味之则微言每有大义，反话不妨正解，歪理偏可妙悟。不过，他虽然出口成章，妙答不绝，说来却是行云流水，似乎漫不经心，正所谓"苦心经营的淡定"（carefully studied nonchalance）。除了王尔德之外，世上没有几个人会如此对答的：

贾大人：哦，去你的同情。这年头啊，这一类事情搞得太过火了。

高大人：我完全同意，父亲。人间如果少一点同情，人间就会少一点烦恼。

贾大人：（走向吸烟室）你这是正话反说嘛，少爷。我最恨正话反说了。

高大人：我也是呀，父亲。这年头呀，无论你遇见谁，都是正反难分，烦死人了。这一来，整个社会就太一目了然了。

贾大人：（回过身来，浓眉下的双目注视着儿子）少爷，你讲的话，自己真的是句句都懂吗？

高大人：（略现迟疑）是啊，父亲，只要我专心去听。

　　跟王尔德一样，高凌也是一个自恋狂，对自己的完美无缺惊艳不已。第二幕中，齐爵士担心隐私会败露，又希望能抓到薛太太的短处，请教高凌对付之策，高凌竟说："我一点主意也没有。可是每个人都有弱点的。人人都有他的漏洞。（踱到壁炉前面，对镜自照）家父就对我说，连我也有缺点的。也许我真有。我不知道。"高凌此语是对镜而言的，活生生一幅水仙花顾影自怜，但在自怜之余却又有自嘲，因为自负如此，简直近于天真无邪。百年前伦敦的观众，对此当然齐声哄堂。王尔德式的对话真的是匪夷所思，连他的同行兼同乡萧伯纳也赞不绝口：

王尔德先生在"干草市场"剧院上演的新戏，是一个危险的话题，因为他有本事使剧评家显得平庸。剧评家们一面火大，一面却被他的连珠警句逗得大笑，正如一个孩子刚要作势发出怒吼与痛呼，竟然被人哄开了心。剧评家们抗议，说花招太过露骨，而那些警句呢，谁要是心情够好，不在乎那么胡说八道，都可以炮制个几十条的。就我所知，伦敦之大就我一个人没法随时坐下来写一本王尔德式的戏剧……从某一点说来，我认为王尔德先生是当代唯一的十足剧作家。他戏弄一切：机智、哲学、戏剧、演员、观众，甚至整个剧场。

## 三

剧中另一要角当然是薛芙丽太太。她也是一个不拘世俗的反派人物，衣着讲究，交游广阔，手段高明，本来可以成为一个女浪子、女名士，和高凌配成一对。可是她偷窃成习，以色取财，甚至不惜勒索、诬陷，坏事做得心安理得，十足是一个恶人（villain）。终于和高凌匹配成双的，却是齐尔敦爵士的妹妹齐玫宝。

王尔德介绍齐玫宝出场时的描写，全是正面的好话，对她的偏爱可见。"她具有一朵花全部的芬芳与自如。她的发间有一波波的阳光，她的小嘴双唇微启，若有所待，像孩子的嘴。

迷人的是她青春的骄横，惊人的是她天真的果敢。"这样的美文简直是在写童话了，但是她的性情在天真可爱之中另有"骄横、果敢"的一面，不与世俗同调，而与高凌共鸣，所以每一出场，也多妙语奇论，倒真有刁妮子、女名士的风格。例如高凌之父贾大人骂儿子生活懒散，齐玫宝就为她的意中人辩护道："他早上十点钟去海德公园骑马，每星期看三次歌剧，每天至少换五次衣服，到社交季节更是每晚在外头吃饭。您倒说这是懒散度日吗？"

齐玫宝与高凌步调相同、语气一致，可谓高凌的响应、帮腔、配角，所以许多评论家说她是高凌水仙花自恋情结的女神"回音"（Echo）。这一对特立独行、自有主张的金童玉女，才是《理想丈夫》中理想的双璧，而台面上的当事人齐爵士夫妇，虽历经劫难而破镜重圆，但其美满已有裂缝，尽管剧终齐夫人对丈夫保证纯然的爱情，而且"新的生活正开始"，我们的信心却已打了折扣。

《理想丈夫》将齐爵士热衷权威的丈夫气概对照高凌淡待功名的纨绔作风，然而面对危机，却是浪子挽救了绅士。足见浪子也自有其价值；高凌看来柔弱，却比齐尔敦更有原则，也更有办法。到剧终时，齐尔敦不可告人的秘密还是给保住了。除了勒索他的薛太太、谅解他的齐夫人、解救他的高凌之外，世界之大，更无一人知情。整个剧情给推到灾祸的崖边，幸而终未失足。

不过《理想丈夫》的剧名却成为讽刺了。究竟谁才是理想丈夫呢？绝非齐尔敦了吧。齐夫人对丈夫的期许曾经订得太高了，对丈夫的奉献也要求得太多了。第一幕开始，大厅上高挂的那巨幅绣帷《维纳斯之胜利》，也显得有些空洞了。剧终时高凌向齐玟宝求婚成功，他的父亲警告儿子不得亏待了好媳妇。

贾大人：如果你对待这位小姐不像个理想丈夫，
　　　　就休想得到我分文遗产。

齐玫宝：理想丈夫！我才不稀罕呢。听来像是下
　　　　辈子的事情。

贾大人：你究竟要他做什么呢，好孩子？

齐玫宝：他爱做什么都可以。我只想做……
　　　　做……哦！踏踏实实做他的太太。

贾大人：说真的，齐夫人，这句话大有道理啊。

　　看来这一对新人才是佳偶：妻子无求于丈
夫，而丈夫无求于世界，婚姻就从这朴素天然
的低调开始，大概也不会有太大的幻灭吧。

## 四

　　还有几件事我要一提。

　　王尔德这些善构的喜剧，都各有一件象征
所寄的道具，成为剧情瞩目的焦点。

在《不可儿戏》里，那是杰克成为弃婴时所寄的手提袋。在《温夫人的扇子》里，当然是那把风情无限的香扇，简直可比中国的《桃花扇》了。在《理想丈夫》里，众目睽睽的焦点是那致命的密函。女贼薛太太紧紧握在手里，不但可以勒索一位贵人，报复一位同学，还可以挽回一位旧情人，真是一物三用，功莫大焉。可惜等了那么多年，它终于被迫交出，立刻灰飞烟灭了。但立刻她的空空妙手又窃来一信，齐夫人致高凌的也是密函，但威力较小，也终未奏效。这两封信横跨四幕，造成了全剧的紧张，但是在实际的剧院里，视觉的效果不可能像扇子那么可挥可点、可落可拾，招数多多。

另一道具是薛太太遗落的胸针，被高凌拾走。那是一枚蛇形的钻石别针，镶了红宝石，原来是高凌送给表妹的结婚礼物，被薛太太偷走的。此物或作胸针，或作臂镯，可以两用；薛太太本非物主，只知其一，不知其二，所以仓促

之间被高凌佩在她的臂上，再也扯不开，终于
只好交出那封密函。敏感的评论家不免在这件
事上穷究其象征意义，例如德拉莫拉（Richard
Dellamora）就在《王尔德，社会清规，与〈理
想丈夫〉》一文中指出，蛇口衔着红宝石，宛如
衔着苹果，可作种种两性的联想，而缠臂不解，
更有自陷其阱之象征。当晚薛太太来访高府，
王尔德说"她的衣裳绿色配银色，有若女蛇妖
蕾米亚。她的黑缎披风用不反光的丝线绲成玫
瑰叶形的边"。德拉莫拉认为，这一段描写可以
影射柯立基叙事诗《克莉丝泰波》（Christabel）
中的蛇妖。

　　王尔德介绍剧中人物出场的描写，虽然寥
寥数笔，却字斟句酌，生动而传神，不愧《道
林·格雷的画像》的作者。即使描写高大人的管
家费普思，也非常出色："费普思之出众，在于
不动声色。热心分子称他为'模范管家'。就连
斯芬克司也不像这么讳莫如深。他真是有模有

样的面具。至于他思想上或情感上的生活，也史无可考。所谓形式至上，此人足为代表。"

## 五

一百年前的一月三日，《理想丈夫》在伦敦首演之后，十分轰动。威尔斯亲王也在包厢里观赏，剧终更向作者道贺。王尔德表示戏长四小时，恐须删去数景才行。亲王却说："拜托你，一个字也删不得。"

四个月后，王尔德，伦敦文坛的骄子宠儿，忽然身败名裂，沦为狱中之苦囚，然后羁愁潦倒，客死他乡。

一百年后，英国心软了。同性恋已经不值得大惊小怪，而王尔德的天才仍然可羡可惊。于是西敏寺①的诗人之隅，为纪念一世纪前上演

---

① 西敏寺，指威敏斯特大教堂。英国的象征之一。建成后承办了国王加冕、皇家婚礼、国葬等重大仪式。

他的名剧，举行了一个盛典，把一幅蓝色与灰色相间的菱形彩窗供献给他。

一九九五年八月二日于西子湾